Dirección editorial:
Departamento de ediciones GELV

Dirección de arte:
Departamento de imagen y diseño GELV

Diseño de la colección:
Manuel Estrada

Edición:
Área de publicaciones de literatura infantil y juvenil

Coordinación de producción y maquetación:
Área I+D de soportes editoriales GELV

El 0,7% de la venta de este libro se destina al proyecto «Mejora del acceso a la Educación Secundaria de calidad en Ashalaja» que cofinancia la ONGD SED (Solidaridad, Educación, Desarrollo) como apoyo a procesos de desarrollo local en Ghana.

© Del texto: Rosa Huertas
© De las ilustraciones: Kike de la Rubia
© De esta edición: Editorial Luis Vives, 2012

Impresión:
Edelvives Talleres Gráficos. Certificado ISO 9001
Impreso en Zaragoza, España

ISBN: 978-84-263-8267-2
Depósito legal: Z 427-2012

Reservados todos los derechos. Cualquier forma de reproducción, distribución, comunicación pública o transformación de esta obra solo puede ser realizada con la autorización de sus titulares, salvo excepción prevista por la ley. Diríjase a CEDRO (Centro Español de Derechos Reprográficos, www.cedro.org) si necesita fotocopiar o escanear algún fragmento de esta obra.

FICHA PARA BIBLIOTECAS

HUERTAS, Rosa (1960-)
La caja de los tesoros / Rosa Huertas ; ilustraciones, Kike de la Rubia. – 1ª ed. – Zaragoza : Edelvives, 2012
144 p. : il. ; 20 cm. – (Ala Delta. Serie verde ; 85)
ISBN 978-84-263-8267-2
1. Relaciones familiares. 2. Vacaciones. 3. Compañerismo. 4. Medio ambiente. 5. Ancianos. I. De la Rubia, Kike (1980-), il. II. Título. III. Serie.
087.5:821.134.2-3"19"

ALA DELTA

La caja de los tesoros

Rosa Huertas
Ilustraciones
Kike de la Rubia

A Miguel, Juanma, Arturo, Loli y todos los demás niños con los que compartí el paraíso.
A los niños que fuimos y que aún seguimos siendo.

1

Sofía descubre el paraíso

Nadie puede contar la arena del mar ni las estrellas del cielo. Una vez disfruté de la arena y de las estrellas como si estuviesen creadas para mí, y deseé salvar el paraíso antes de que la arena se convirtiese en ladrillos y las estrellas despareciesen del cielo ahogadas por luces de mentira.

Aquel verano yo tenía trece años y me sentía incomprendida, como se debe de sentir cualquiera que navegue en una edad indefinida. No era una adolescente que quisiera volar, pero tampoco una niña. Buscaba un hueco en el mundo, todavía bastante estrecho, que se movía entre el colegio y mi casa.

Los cursos me resultaban monótonos, ya que salía poco y estudiaba mucho. Durante el verano la realidad no mejoraba demasiado porque nos trasladábamos a una casa que tenían mis padres en el campo. Hasta que cumplí los diez años logré soportar con imaginación aquel lugar solitario en el que la diversión se resumía en montar en bicicleta, coger tomates y bañarme en una piscina de plástico. Actividades que pueden resultar muy divertidas cuando hay gente para compartirlas, pero lo malo era que no había más niños por allí.

Soñaba con ser mayor, comprarme un coche y huir, aunque no sabía adónde. Todavía no había encontrado el lugar ideal, ese en el que se cumplen los sueños y se multiplican los amigos, pero esperaba.

El verano que cumplí trece años lo encontré. No sé exactamente cuántos días disfruté de ese paraíso, tal vez no fueran más de tres semanas, pero me compensaron todos los demás meses del año de aburrimiento.

Nunca olvidaré aquellos días, y menos ahora, que está a punto de ocurrir un acontecimiento tan especial. Y no los olvidaré porque allí descubrí el auténtico valor de la amistad y sentí, por primera vez en mi vida, que podía ayudar a alguien.

Todo empezó porque un amigo de mi padre nos invitó a pasar el sábado con su familia en la casa de la playa. Por suerte, después se ofreció a quedarse conmigo unos cuantos días más.

Yo esperaba encontrar un bloque de apartamentos, de esos que abundan en la costa mediterránea, pero llegamos a un sitio inesperado en el que el ladrillo parecía haber dado una tregua al paisaje y no había aceras ni calles ni cemento. Las casas tenían el tamaño de una caja de cerillas y muchas eran de cartón piedra. Había también algunas caravanas, con todo el campo por detrás y todo el mar por delante.

Cuando llegamos allí, un auténtico enjambre de niños salió a recibirnos. Bueno, quizá no fueran tantos, pero ver unos cuantos, y de vacaciones, era una experiencia nueva para mí. Los había de todas las edades, aunque la mayoría parecían menores que yo.

Los primeros a los que conocí fueron los hijos del compañero de mi padre. Eran dos chicos casi de mi edad, Juanma y Arturo, y dos chicas más pequeñas, Loli y Yolanda.

Me contaron que formaban una pandilla enorme: en la casa de al lado vivían cuatro chicos; en la otra, dos chicas, y en la de más allá otros tres hermanos. ¿Cómo se metían tantos en esas casas tan pequeñas?, me pregunté. Hasta que comprobé que no entraban a casa para nada, excepto para dormir.

Allí se vivía en la playa: se jugaba en la orilla; se comía fuera, a la sombra de un porche; se pasaban las noches a la luz de la luna charlando o paseando. Aquello era la libertad absoluta.

Enseguida nos pusimos los bañadores y nos lanzamos al mar. En el agua, un grupo de críos jugaba sobre una enorme cámara. En mi vida había visto un flotador tan grande ni tan lleno de gente. Corrimos hacia ellos Juanma, Arturo, Loli y yo. No tuvimos que pedir permiso para montar en aquella nave maravillosa.

—¿De dónde habéis sacado este flotador? —pregunté.

Los chicos se rieron.

—No es un flotador, es la rueda del tractor de mi padre —dijo un rubio pequeñajo.

—Tú, ¿cómo te llamas? —me preguntó.

—Sofía. ¿Y vosotros?

—Yo soy Javi —respondió el mayor—, y este es mi hermano Damián; vivimos ahí enfrente.

Eran los vecinos; dos de los cuatro hermanos, todos ellos chicos. Y parecían pura dinamita. Eran delgaditos, con la piel muy morena por el sol, el pelo rubio y cara de traviesos.

Decidimos jugar a los piratas. Unos se subieron en la rueda y los otros intentamos derribarlos al grito de «¡Al abordaje!». Tragamos más agua que en toda nuestra vida, pues nos daba la risa y nos hundíamos en plena carcajada.

Aquellos canijos daban unos empujones tremendos. El más pequeño no tendría más de cinco años, pero era una auténtica fiera. Al final tuvimos que rendirnos, casi acaban con nosotros. Entonces nos dedicamos a charlar, todos subidos en la cámara. De vez en cuando Damián nos daba un empujón y ¡otra vez al agua! O yo le empujaba a él y empezaba de nuevo la guerra. Fue agotador pero divertidísimo.

2

MIGUEL DESCUBRE A SOFÍA

¡Probando, probando!

¡Uy, me va a dar la risa! Espero que se oiga bien lo que digo en esta grabadora que me regaló el tío Ginés. Me la compró para que grabase las canciones que iba aprendiendo a tocar con la guitarra, de eso hace ya bastante tiempo, pero hasta ahora no me había animado a usarla.

Hoy tengo un buen motivo para estrenarla. Voy a contar lo que pasó, con todos los detalles que recuerde, antes de que llegue el gran día. Ese día que llevo años esperando, aunque no pensé que llegara a hacerse realidad hasta que sonó el teléfono esta mañana.

Voy a grabarlo todo porque no me gusta demasiado escribir. Mentira, no es eso. Para qué voy a mentirme a mí mismo. Lo que pasa es que escribir me cansa y todo lo lleno de faltas de ortografía. Esto de grabar parece menos cansado y más divertido. ¿Seré capaz de contarlo tal y como ocurrió? Seguro que ella lo apuntó todo y es capaz de acordarse hasta de los mínimos detalles.

No quiero que se me vaya de la memoria. Dicen que cuando te haces mayor se te olvidan las cosas, aunque me parece que todavía me falta mucho para eso.

Ese verano yo tenía once años y estaba loco perdido. Bueno, ahora también, y eso que tengo unos pocos años más. No es extraño teniendo en cuenta que soy el segundo de cuatro hermanos, por no decir cuatro salvajes —yo también me incluyo, a pesar de ser el más pacífico y el más listo de todos, aunque esté mal que sea yo el que lo diga.

El verano del que hablo fue el de Sofía; los demás han sido todos tan iguales que no los recuerdo por nada especial. La primera vez que la vi, ella estaba en el agua jugando a los piratas con mis hermanos los cafres. Me llamó la atención porque era casi tan bruta como ellos —¡consiguió hundirlos varias veces!—, además de ser la que más gritaba y se reía.

Más tarde me enteré de que se iba a quedar a pasar unos días en casa de mis vecinos.

Durante los primeros días, Sofía ni se enteró de que yo existía. Arturo y Juanma no la dejaban ni a sol ni a sombra, y tampoco mi hermano mayor, José, que era un guaperas y tenía la misma edad que ella. Parecía que se gustaban pero luego… ¡vaya, no quiero adelantarme a los acontecimientos!

Yo no dejaba de observarla y de seguirla a todas partes, igual que el resto. Al principio era por la novedad, pero, también, porque ella era diferente. Siempre estaba inventando cosas para que lo pasásemos bien y nunca trataba a los pequeños como renacuajos. Eso lo hacía mi hermano José.

La primera vez que me dirigió la palabra me quedé petrificado y del color del pimentón.

—¿Cómo te llamas? —me dijo mientras me sonreía.

—Miguel, soy hermano de…

—Ya sé —me interrumpió—. Eres el segundo de los cuatro, ¿verdad? Pues no te pareces en nada a los otros.

Y así se acabó nuestra primera conversación porque llegaron los cafres de mis hermanos pequeños, siempre tan oportunos, y el resto de la panda de enanos, y se empeñaron en que Sofía les organizase el juego de las prendas. Yo me enfadé conmigo mismo y con aquellos salvajes por haber perdido aquella ocasión de hablar un rato más con ella. Y solté esa palabra que me había inventado —«¡Oñá!»—, cuando no podía más, cuando mis hermanos me ponían de los nervios. Mi madre no me podía decir nada. Todavía la uso de vez en cuando, sobre todo si está ella delante.

Pero, en fin, al menos ya sabía mi nombre.

Mientras yo pensaba en lo injusta que era la vida, Sofía tuvo tiempo de organizar el juego de las prendas. Allí apareció todo el mundo. Era lo bueno de vivir en la calle, ¿o debería decir «en la arena»? Menos mal que me incluyeron también. A mí no me apetecía mucho jugar con mis hermanos, pero no me quedó más remedio. Encima, Damián iba a ser la «mano inocente» que sacara las prendas, aunque hubiera sido mejor decir «traviesa» o, incluso, «pringosa», porque nunca se las lavaba.

Las pruebas absurdas se fueron sucediendo: Arturo tuvo que declararse a Pili, mi hermano Javi nos contó tres chistes verdes, Loli pidió dinero a su padre para comprar chuches para todos —por supuesto, no se lo dio—, Sofía recorrió dando volteretas la mitad de la playa...

Cuando quedaban pocas prendas —mi zapatilla izquierda y una gorra de mi hermano José, el mayor—, este se apresuró a poner la siguiente prueba, convencido de que iba a tocarle a él:

—El dueño de la prenda tendrá que dar un beso a Sofía.

A ella pareció también gustarle la propuesta.

Pero no contamos con que Damián, haciendo uso de esa maldad tan suya, que no sé cómo le cabía en un cuerpo tan pequeño, no sacaría la gorra de José.

—¿De quién es esta prenda?

Yo estaba distraído mirando cómo Javi cazaba una lagartija cuando un codazo de Arturo me devolvió a la realidad.

Entonces vi la sonrisa malvada de mi hermano pequeño y mi zapatilla balanceándose en su mano. Todos se echaron a reír, menos José, que me asesinó con la mirada. A Sofía, sin embargo, no pareció importarle demasiado.

Me tendió su mano y yo me acerqué. Decidida, pasó su brazo por detrás de mi cuello y me dio un sonoro beso

en la mejilla. ¿Pero no era yo quién tenía que tomar la iniciativa?

No pude decir palabra en toda la noche. En ese momento decidí que el bobo de mi hermano no se merecía a Sofía, y que si yo quería ser su amigo tenía que empezar a actuar de inmediato.

3

Y SOFÍA DESCUBRE A MIGUEL

El mismo día que llegué conocí a José. Apareció por el porche después de comer, cuando los adultos dormían la siesta y los niños hacíamos planes para la tarde. Era guapo, tenía el pelo castaño claro y los ojos verdes. Era unos meses mayor que yo y más alto. Sin embargo, resultó ser bastante callado y hablamos muy poco ese día. Después, creo que menos aún.

Al atardecer volvimos a bañarnos; era mi hora favorita. El agua estaba tibia y el sol se reflejaba en el mar, dándole un tono anaranjado. A esa hora prefería disfrutar tranquilamente del baño antes que jugar o nadar. Para conseguirlo tenía que alejarme de la orilla, donde los niños más pequeños te salpicaban o te daban la tabarra.

Desde allí se podían ver las caravanas y las casitas pintadas de colores, minúsculas y de cartón piedra. La de mis amigos era marrón y tenía dibujada la forma de los ladrillos en la fachada; la de los vecinos tenía el tejado rojo, con la fachada encalada y una valla de madera blanca; las otras eran azules. Todas relucían recién pintadas. Por detrás de ellas sobresalían las palmeras, inmóviles a esa hora de la tarde.

Vi a un niño que recorría la playa con su bici. Desde lejos no podía distinguirlo. Entró en la casa de José y dejó la bici apoyada en el porche. Debía de ser uno de sus hermanos. Luego se acercó hasta la orilla y se sentó a contemplar el mar. Me extrañó que, siendo hermano de las fieras —Javi y Damián—, fuese capaz de sentarse tan tranquilo a contemplar el atardecer. Él no me vio. En ningún momento miró en la dirección en que yo estaba. Los dos disfrutábamos de la paz de la tarde. Él desde la orilla y yo desde el mar.

Recuerdo que los primeros días jugamos varias veces a las prendas. Cuando el sol ya estaba bajo, nos instalábamos en la orilla y nos sentábamos en círculo. Yo solía organizar el juego. Todos poníamos una prenda: una zapatilla, un lazo, un llavero y hasta la camiseta, si hacía falta.

A los chicos les gustaba poner como prueba dar un beso a la persona que más te gustase, y yo siempre acababa besuqueada por los niños más canijos del grupo. ¡Los mayores no se atrevían!

Pero una vez estuvo a punto de tocarle a José. Solo quedaban dos prendas en el montón y una era la suya. Damián, que se encargaba de extraer la prenda, cogió la otra. Estoy segura de que lo hizo a propósito.

El dueño de la zapatilla en cuestión resultó ser otro de los hermanos, aquel morenito que paseaba en bici por la orilla y se sentaba a mirar el cielo del atardecer. Acababa de enterarme de su nombre; se llamaba Miguel.

Todo el grupo estalló en carcajadas al ver la cara que a José se le quedó, no sé si de decepción o de enfado. A mí también me hizo gracia.

Me pareció que Miguel me miraba con complicidad después de que le hubiese dado el beso. De alguna manera, parecía diferente a los demás. A veces, basta con una sola mirada para sentir que conoces a esa persona desde hace siglos.

Miguel no tendría más de once años, pero por su estatura no aparentaba ni siquiera nueve. No tardé mucho en descubrir que podíamos llevarnos muy bien y que su cuerpecillo menudo contenía una gran sensibilidad.

Unos días después, que decidí salir del agua antes de que me ahogasen las fieras, me senté en la orilla a secarme al sol. A pesar del griterío de los chavales, se respiraba paz: apenas había gente en la arena, no se oía ruido de coches, no se levantaban torres de pisos detrás de mí. Me di cuenta de que aquel era un lugar privilegiado, un paraíso diferente de mi ciudad de cemento.

Entonces, oí el sonido inconfundible de una guitarra a mis espaldas. Me volví sorprendida. Sentado sobre una piedra, Miguel, el hermano de José, deslizaba con soltura sus dedos sobre las cuerdas de una guitarra que abultaba más que él. Me acomodé en la arena a su lado, en silencio, mientras él interpretaba una canción. Cuando acabó, aplaudí entusiasmada.

—¡Es fantástico! Yo también sé tocar algunas canciones, pero no tan bien como tú —le dije.

Poco a poco, los bañistas fueron haciendo un círculo a su alrededor como si hubiesen sido atrapados por la música del flautista de Hamelín. Miguel aprovechó para lucirse con la guitarra.

Pero el recital se acabó de pronto, cuando los adultos nos llamaron con urgencia para algo que ya no recuerdo.

—Si quieres, mañana por la tarde te enseño alguna canción que no te sepas y que te guste —me ofreció antes de irse.

—Bien, me encantará. Aunque está claro que no sé tocar tan bien como tú. Y no creo que la siesta sea buena hora para practicar. Los mayores podrían matarnos.

—Bueno, pues cogemos la bici y buscamos un sitio mejor —sugirió.

—Yo aquí no tengo bici —le advertí.

—Pero yo sí —añadió, desafiante.

—¿Y pretendes que montemos en la misma bici y con la guitarra?

—¿Por qué no?

Yo no entendía cómo íbamos a conseguir llegar a ninguna parte con una sola bicicleta, pero estaba convencida, por otra parte, de que se podía esperar cualquier cosa de aquel chaval menudo. Un auténtico descubrimiento.

4

El consejo del tío Ginés

Desde la tarde del beso, yo no hacía más que pensar en cuál sería la mejor forma de acercarme a Sofía. Bueno, estar cerca de ella era fácil, pero yo no me conformaba con compartir juegos; quería que fuésemos amigos, poder hablar largo y tendido con ella, poder contarle lo harto que estaba de las bromas de Javi, lo mal que me iba en el cole y todos esos sueños extraños que me llenaban la cabeza de pájaros, como decía mi madre.

Iba a resultar difícil de narices; una chica de trece años preferiría hablar con los mayores del grupo, en especial con mi hermano José, que encima era guapo el tío. ¿Qué cosas interesantes le podría contar yo, cuando hasta la diferencia de estatura resultaba evidente? Y no es que Sofía fuese muy alta, es que yo era demasiado bajito para mi edad.

Pero también me daba cuenta de que Sofía no era como las pocas chicas de trece años que yo conocía.

Ella se llevaba muy bien con los más pequeños de la playa, casi mejor que con los mayores; los soportaba con paciencia y nunca se molestaba si la interrumpían cuando estaba charlando con otros amigos de su edad. «¡Qué tía más rara!», pensaba yo. Eso fue lo que me hizo tener esperanzas: más renacuajo y canijo que yo no había nadie en esa playa.

Y contaba unas historias de miedo alucinantes. A mis hermanos les encantaba oírlas, pero luego se cagaban de miedo por la noche y alguno acababa durmiendo conmigo en la litera de arriba.

Al principio no se me ocurría nada. Pasé varias tardes sentado en la arena, lanzando piedrecitas al agua —me gusta casi tanto como comer sandías— y lamentándome por mi pequeña estatura, mientras esperaba, qué sé yo, ¿que el hada de los mares me soplase una idea al oído?

Al final pensé en hablar con mi tío Ginés, que es un tipo listo con el que me he llevado siempre muy bien. Todos dicen que nos parecemos. Es también mi padrino y, claro, yo era —y sigo siendo— su sobrino favorito. Normal, no había más que ver a los otros. Daban miedo.

Lo malo era que Ginés pasaba el verano en el pueblo, a tres kilómetros de la playa, y yo solo disponía de una bicicleta. Claro, si tenía once años no iba a tener un coche. Bajo un sol de justicia y en pleno mes de agosto, pedaleé como un loco y me planté en su casa.

A mi tío le extrañó mucho mi repentina aparición.

—¿Qué tripa se te ha roto? —*me preguntó extrañado de verme por allí a esas horas.*

De pronto me dio una vergüenza grandísima. ¿Se reiría de mí si le decía que deseaba llamar la atención de una niña de trece años? Seguro que sí. Pero, entonces, ¿qué le contaba?

A mi tío no podía mentirle. Era mi padrino y la única persona mayor que no me miraba mal cuando se me escapaba un palabro. Y el único que me defendía de mis hermanos, probablemente porque de pequeño mi padre, su hermano mayor, le había traído frito, y porque además también era bajito y renegrido como yo.

—Te lo contaré si prometes no decir nada. Y menos a José —*me decidí al final.*

—Palabra de honor —*dijo poniendo las manos como si jurase sobre la Biblia.*

—Es por una niña que ha llegado nueva a la playa. Quiero que sea mi amiga, pero de momento no me ha hecho ni caso. Lo peor de todo es que a José le gusta.

—Ya. Y lo que quieres es un consejo de tío a sobrino —*soltó con una media sonrisa.*

Y claro, él, que no tiene un pelo de tonto —más bien una buena pelambrera, como yo— sacó una rápida conclusión: si a mi hermano le gustaba esa chica no podía tener once años.

—¿Pero cuántos años tiene?

Era inútil mentir y él había jurado guardar el secreto.

—Trece, pero ya te he dicho que solo quiero ser su amigo.

—¡Vaya con el niño! No te conformas con poco.

Creo que se estaba burlando un poco de mí.

—Está pasando unos días en casa de los vecinos. Es de Madrid —*dije, a ver si dándole más datos se le ocurría algo.*

—En estos casos, solo hay un consejo posible: sé tú mismo.

—¿Yo mismo? ¡Pero si soy más bajito y más pequeño que ella! —*protesté.*

—Eso no es lo importante. Piensa en todas tus cualidades.

—Pues así de golpe... se me ocurren pocas.

—Parece mentira que seas tan listo y a veces no lo aparentes. Hay algo que sabemos hacer solo tú y yo; y nadie más de esta familia..., y menos tu hermano José —*me soltó como si fuese una adivinanza.*

—¡Tocar la guitarra! —*exclamé.*

—A las chicas les vuelve locas —*aseguró*—. Ponte a tocar donde ella pueda oírte. Es infalible.

Al tío Ginés le gustaba tocar la guitarra más que nada en el mundo y me había enseñado algunas canciones que aprendí rápidamente. Se me daba bien, decía que yo había heredado su «vena artística». Yo no sabía qué vena era esa, pero estaba claro que era el único de mis hermanos que había nacido con algo de oído musical. Los demás no eran capaces ni de cantar en misa.

—¿Estás seguro de que funcionará? —le pregunté. Yo no acababa de creérmelo.

—Te apuesto lo que quieras, sobrino. Ya me lo contarás.

Impaciente, pedí las llaves de nuestra casa del pueblo a mi tío para coger la guitarra y llevármela a la casa de la playa.

Ese día volví a la orilla del mar más deprisa que nunca, a pesar de que iba cargado con el instrumento. La alegría daba alas a mi bicicleta.

Llegué en un suspiro, justo cuando Sofía jugaba en el agua con mis hermanos pequeños, que estaban a punto de ahogarla. ¡Qué cafres! Seguro que iba a tardar poco en salir huyendo. Cuando vi que se sentaba en la orilla, me acerqué hasta allí. Me puse justo detrás de ella, sobre una piedra, y empecé a tocar con esa cara de bobo que se le pone a uno cuando está feliz.

¡Y entonces se dio la vuelta! Ginés tenía razón. Se sentó a mi lado y me aplaudió entusiasmada cuando acabé la primera canción. Luego di un recital completo: toqué todo

lo que sabía, y acudió media playa a escucharme. ¡Vaya, yo que quería estar a solas con Sofía!

Me dijo que ella también sabía tocar unas pocas canciones y yo aproveché para ofrecerme a enseñarle alguna más, pero lejos de aquel tropel de cafres. ¡Y aceptó! No me podía creer que tuviera tanta suerte.

Me sentía feliz, y muy agradecido a mi tío por aquel maravilloso consejo. Pensé que nunca le había querido tanto. Sin embargo, ese mismo día descubrí algo que me hizo cambiar de opinión por completo.

Al entrar a mi casa a dejar la guitarra en un armario cerrado con llave para que no la tocasen los cafres, escuché a mis padres hablar muy serios y en voz baja. Desde el pasillo me enteré de todo.

Mi padre estaba contando que el abuelo había decidido repartir la herencia, y entregar sus tierras a él y a mi tío Ginés. Parecía seguro que mi tío vendería su parte a una inmobiliaria, justo las tierras de la costa que estaban al lado de nuestra casa. ¡Y eso significaba el fin de la playa!

No entendía a mi tío, tan sensible que parecía a veces. En muchas ocasiones era tan duro como una zapatilla de esparto y más terco que una mula.

Ya veía todo convertido en una hilera de edificios de hormigón, como los que habían construido allí cerca, en Urbaplaya. Se habían hecho auténticos desastres en esa costa. En mis escasos once años ya había visto playas *estupendas, llenas de dunas y completamente salvajes, abarrotarse de rascacielos como Nueva York.*

Por eso me temí lo peor. De mi padre me podía fiar, le gustaba cultivar y, desde la carretera hasta el campo de fútbol, tenía plantados melones, tomates y pimientos. Si vendía los terrenos frente a la playa, la civilización invadiría sus bancales, los guiris seguro que le robarían los melones y los coches todoterreno pasarían por encima de sus tomateras. Decididamente no, mi padre no vendería.

Pero mi tío… Yo sabía mejor que nadie que a él no le iba nada eso de la agricultura. Muchas veces me había confesado sus sueños. Era su ahijado y me hacía confidencias como el que habla solo, pensando que yo era demasiado pequeño para entenderlo. Pero enseguida descubrió que no tenía un pelo de tonto.

Me decía que deseaba «pillar unas pelas» para irse de aquel «infesto pueblo». Quería irse a Madrid, a tocar la guitarra por los «garitos de moda», o montar él mismo, con algo de dinero, su propio «café espectáculo». Yo, que solo conocía el bar de Pedrín, en mi pueblo, me preguntaba si el espectáculo consistiría en cuatro tíos jugando al mus y gritando con voz ronca: «¡Órdago!».

Estaba chiflado del todo. Anda que yo tengo pájaros en la cabeza, pero él…

¿Qué podía hacer para impedir el desastre? Seguramente, nada, aunque no iba a rendirme tan pronto.

¿A quién se lo podía contar? Esta vez no valía el tío Ginés. ¿A mi hermano José, que era el mayor? Uf, nos llevábamos fatal. ¿Al resto de la pandilla? ¿Serían de fiar? Las preguntas me llenaban la cabeza y me iba a estallar.

Decidí que se lo contaría todo a Sofía en cuanto tuviese confianza con ella, quizá se le ocurriese algo. Sin duda era la más lista de todos. Después, a los demás también tendría que ponerles al tanto porque las primeras casas en caer serían las suyas. Se acabó lo de veranear en nuestra playa.

Sofía era mi única esperanza. Y yo quería creer.

5

El cemento acecha

El verano transcurría y yo, milagrosamente, seguía en la playa. Sabía que aquella felicidad era provisional y por eso procuraba estrujar los días al máximo y atrapar con los cinco sentidos cada atardecer, cada juego, cada conversación.

Mis padres me habían dejado allí por unos días, que parecían alargarse porque no tenían coche para venir a recogerme. Mis anfitriones, por su parte, habían dejado de verme como una forastera, y no daban muestras de recordar su intención de llevarme con mi familia en una semana. O quizá les daba pena, ¡me verían tan feliz!

A los juegos en la playa se sumaron las clases de guitarra de Miguel. Cada tarde, conseguíamos escabullirnos un rato del resto del grupo y nos refugiábamos, con la intención de tocar la guitarra, bajo la sombra de una sabina —un árbol un poco raquítico— que había detrás de las casas. Allí no podían oírnos los adultos, que dormían la siesta. Pero siempre acabábamos contándonos nuestra vida y dejando las lecciones para el día siguiente.

Una noche, por sorpresa, el padre de Juanma me indicó que preparase mi maleta para regresar a casa. Dentro de dos días él me llevaría con mis padres. La noticia cayó como un chaparrón en el grupo y todo fueron tristes despedidas. No sabía cuándo podría volver a verlos. Sin embargo, a última hora, se compadeció de mí, o quizá olvidó su propósito, y yo permanecí en la playa, sana y salva, ante el regocijo de todos mis amigos.

Pero Miguel no se mostró muy entusiasmado al descubrir que seguía allí. Le vi un tanto mustio, algo raro en él. En vez de alegría, parecía que sentía alivio, como si algo malo se hubiese evitado con mi presencia.

—¡Uf!, menos mal. Quizá todavía podamos hacer algo.

—¿Qué pasa? —le pregunté intrigada.

—Tengo que hablar contigo —dijo entre dientes para que no le oyesen los demás—, pero sin gente.

A la hora de la siesta logramos escabullirnos con dificultad del grupo —sobre todo de sus hermanos pequeños— y fuimos a sentarnos bajo nuestra sabina. Permanecimos un rato en silencio, mirando cómo el mar se calentaba bajo el sol de la siesta. Parecía dormitar una larga digestión de bañistas.

—¿Te gusta este sitio? —me preguntó Miguel rompiendo el silencio.

—¿Que si me gusta? Desde luego. ¡Es el mejor lugar del mundo!

—¿Por qué te gusta tanto? Bueno, a parte de porque yo veraneo aquí —dijo con una risa pícara.

—Está claro que es una playa diferente. Apenas hay casas, podemos montar en bici por donde queramos sin que los adultos nos lo impidan por miedo a que nos atropelle un coche, hay árboles a los que subirse, campo por el que correr, no tienes que buscar el hueco en el que poner la toalla, no hay chiringuitos playeros ni torres de doce pisos. Podemos correr desde la casa hasta el agua, la arena es nuestra y pasamos el día en la calle. ¿Sabes lo que es eso para alguien que vive el resto del año en medio del asfalto?

Miguel sonreía mientas yo hablaba, y asentía con la cabeza a cada una mis frases.

—¡Oñá! ¡Eso es! Así quería expresarme yo, pero la que sabe contarlo eres tú. Esto es lo que tienes que decirle.

—¿Decirle? ¿A quién? —pregunté extrañada.

—Te lo voy a contar todo, desde el principio. ¿Sabes guardar un secreto?

Sin esperar mi respuesta, comenzó a desvelarme la causa de sus preocupaciones. Mientras me iba contando, yo notaba cómo se me ponía un nudo en la garganta. Veía desaparecer aquella playa casi salvaje en la que los niños también podíamos ser libres.

—Lo primero que desaparecería serían las barracas de los padres de Juanma, y después casi todas las demás. Los únicos que podríamos seguir aquí seríamos nosotros, supongo, pero ya no sería lo mismo. Ni siquiera parecido —me dijo con la voz más triste que jamás le había oído.

—¿Y qué quieres que haga yo? —le pregunté desconcertada. No alcanzaba a sospechar con qué intención me contaba todo eso.

—Que hables con mi abuelo —me soltó.

—¿Yo? —conseguí balbucear—. ¿Qué quieres que le diga a un señor que no conozco de nada?

—Pues eso, lo mismo que me acabas de decir ahora: lo bonita que es esta playa tal y como está. Lo que pasará si construyen. —Me miró con los ojillos brillantes—. ¡Por favor! ¿Lo intentarás?

—Claro que lo haré —asentí para no disgustarlo—, pero dudo que funcione. A los niños no nos hacen mucho caso en estas cosas. No tienes más que mirar ahí enfrente. Seguro que hace diez años unos niños eran felices corriendo por la orilla de esa playa y saltando por sus dunas. Y mira ahora. ¡Dan miedo esos edificios!

—¿Por qué no nos presentamos allí? —me interrumpió.

—¿Dónde?

—En el pueblo. Vamos a ver a mi abuelo. Venga, sube a la bici. Tenemos un largo paseo de tres kilómetros.

—¿Piensas llevarme en tu bici hasta el pueblo? ¿A esta hora, con lo que cae?

—Cuando me canse nos bajamos y seguimos caminando. No te preocupes por mí. ¡Si estás muy flaca!

—Pues anda que tú.

Riéndonos a carcajadas emprendimos el camino hacia el pueblo, cantando a gritos para olvidarnos de la solanera que caía sobre nuestras cabezas.

6

El abuelo no duerme la siesta

No sé cómo llegamos, pero llegamos. Yo, al borde de la deshidratación, más por el calor que por el esfuerzo. Sofía no pesaba nada, era como llevar alas en el portaequipaje. Tampoco me atreví a quejarme, quería quedar como un hombre mayor. Ella decía que, como era un poco bruja, una escoba invisible nos impulsaba a toda velocidad por los caminos. Pero nada de eso, eran mis piernas flacas. De todos modos, cualquiera le llevaba la contraria. De vez en cuando pillábamos una piedra y, ¡ay!, no veas qué dolor de culo con los saltos.

Cuando llegamos a Los Llanos, parecía un pueblo fantasma: puertas cerradas, calles vacías, gente durmiendo la siesta.

—Ahora tendremos que esperar a que tu abuelo se despierte. No sé por qué hemos corrido tanto —me reprochó.

«¡Un momento, un momento, guapa! El que ha corrido tanto he sido yo». Esto no se lo dije, claro.

—No duerme nunca la siesta —aseguré—. Dice que no puede permitirse el lujo de perder tanto tiempo, con lo poco que le queda.

—¡Pues sí que es optimista tu abuelo!

—Que no, que ya verás cómo es un tío majo. Vive en esa casa de ahí enfrente. ¡Vamos!

Toqué el timbre al mismo tiempo que me puse a llamarlo a gritos por la ventana entreabierta que daba a la calle.

—¡Abuelo! Soy Miguel.

Abrió y, entre la penumbra del interior de la casa, apareció apoyado en su bastón y nos recibió sonriendo.

—¡Qué sorpresa, chico! ¿A quién traes? —me preguntó al ver a Sofía.

—Es una amiga que quiero que conozcas.

Saludó a Sofía y no puso cara de extrañeza cuando la vio. Menos mal que no preguntó «¿qué haces tú con una amiga tan mayor?», ni bobadas semejantes. Habíamos empezado bien.

—Pues me pilláis de casualidad. Iba a irme ahora a echar la partida de mus al bar. ¿Queréis una limonada? —preguntó leyéndome el pensamiento—. Si venís desde

la playa a esta hora, traeréis sed... y algún asunto importante.

—Sí, las dos cosas —contestó Sofía.

El abuelo nos llevó a la cocina, al menos allí se estaba fresquito. Bebimos y recobramos el aliento, pero no sabíamos cómo empezar a contarle nuestro problema.

—Entonces, ¿qué? ¿Me vais a decir de una vez a qué se debe esta visita? Porque no me creo que hayáis hecho la locura de pedalear hasta aquí a pleno sol para ver a este viejo y beberos su limonada.

El abuelo quiso romper el hielo y siguió hablando. Parecía intuir qué era lo que nos preocupaba. Siempre me gustó su vozarrón; mi hermano pequeño se asustaba cuando venía a casa y empezaba a llamarnos con esa voz grave y profunda. Una noche, entró a oscuras en nuestra habitación llamando a Damián y el peque se puso a llorar de miedo. Es la única vez que lo he visto asustarse, con lo bruto que es. Yo me reí a gusto y el abuelo también, aunque acabó abrazando a Dami y llevándolo a caballito por el pasillo.

—¿Eres veraneante? —le preguntó a Sofía con curiosidad.

—Sí, soy la invitada de unos amigos de mis padres que son vecinos de sus nietos. Me encanta esta playa, sobre todo porque no hay edificios. Solo cuatro casas, algunas caravanas y la playa llena de niños. Nada parecido a la urbanización horrible que hay al lado —explicó Sofía, que fue cogiendo confianza.

—No podemos permitir que ocurra lo mismo con nuestra playa —añadí yo de golpe, levantando la voz.

El rostro del abuelo cambió de expresión. Ahora sí que sabía a lo que habíamos ido.

—Veo que estás enterado. No me cuentes cómo. Esperaba que tú y tus hermanos no estuvieseis al tanto de esto, aún sois pequeños. Aunque parece que tú no tanto —suspiró.

—Mis hermanos no lo saben todavía —aclaré.

—Pues casi mejor que no les digas nada, que se enteren cuando todo ya haya pasado —me recomendó. Después de una pausa, dijo—: Tu tío va a vender, eso es seguro, y no creo que nadie pueda hacer nada por evitarlo.

—¿Y papá?

—Tu padre es otra cosa, ya sabes que el campo es su vida. Además, sus tierras abarcan pocos metros de costa y muchos de labranza. Le sacará más partido al terreno si lo cultiva, ahora que hay agua. Tiene una familia muy numerosa que mantener y poco le duraría el dinero que le diesen por la venta.

—Pero la parte de mi padre es pequeña —protesté—. Si es el único que no vende, nos quedaremos atrapados entre dos columnas de rascacielos.

—Mira, Miguel, yo os entiendo —dijo muy serio—, pero ni puedo ni quiero intervenir más en las decisiones de mis hijos. Ya soy viejo, ahora les toca a ellos, aunque *no esté de acuerdo con lo que quieran hacer. Yo no pude elegir, tuve que trabajar en el campo para comer. Ginés quiere ser artista, o qué sé yo, y eso solo podrá hacerlo lejos de este pueblo y con el dinero de la venta de las tierras. Tiene la cabeza llena de pájaros, en eso os parecéis el padrino y el ahijado. Quiere montar un local donde se toque música o algo parecido, pero en Madrid, eso sí que lo tiene claro. Huir de aquí. El pueblo, ni en pintura. Y casi lo comprendo. Mi vida en el campo ha sido muy dura. Cuando yo tenía su edad no había muchas oportunidades y ahora resulta que todas estas tierras pedregosas que tantas fatigas y tan poco dinero nos dieron a mí y a mi padre valen una fortuna porque están junto a la playa.*

—Pero abuelo —le interrumpí—, si tú le dices..., si le pusieras alguna condición antes del reparto...

—¿Antes del reparto? —preguntó con una sonrisa triste—. Demasiado tarde, Miguel. Ya está hecho, ya son suyas y, que yo sepa, ya ha recibido una oferta interesante de una constructora.

Si no me eché a llorar en ese momento fue por no parecer un crío delante de Sofía, pero me quedé mudo, algo bastante insólito en mí. Quien habló fue ella, que había estado escuchando atenta. Su voz me sobresaltó y me sacó del estado de estupidez en el que había caído.

—¿No podemos hacer nada?

El abuelo también estaba serio. No me contestó. Se levantó, se acercó al aparador que tenía detrás y puso encima de la mesa la foto de la abuela Isabel.

—*Tú no te acuerdas de ella, ¿verdad?* —*me preguntó.*

La abuela murió cuando yo tenía tres años. No la recordaba más que por las fotos que había en casa del abuelo, sobre todo por una de la boda de mis padres, en la que ella fue la madrina. Ya hacía ocho años que no estaba, pero el abuelo la recordaba continuamente. «Mientras alguien se acuerde de ti, no has muerto del todo», le oí decir infinidad de veces.

El abuelo empezó a contar cosas que yo ya sabía. Supongo que su intención era que Sofía pasase a formar parte del grupo de personas que recordaban a su mujer, incluso sin haberla conocido. Pero en esta ocasión, a mí me sonaron diferente. Empecé a ver la otra cara del problema, la que no me había parado a mirar.

—*Isabel, mi mujer* —*comenzó a contar mirando a Sofía*—, *era la persona más alegre que he conocido jamás. Pasó las mismas penalidades que yo, pero nunca dejó de sonreír. Le gustaba cantar, yo creo que era lo que más le gustaba en el mundo; bueno, si no contamos a su mimado Ginés, su niño pequeño. Madre e hijo eran inseparables, y muy parecidos. Ginés aprendió a hablar cantando y, entre ellos, muchas veces hablaban con música. José, el padre de Miguel, y yo nos enfadábamos con ellos, pero no nos hacían caso, se limitaban*

a sonreír. José siempre llevó mal esa complicidad que había entre su hermano y su madre. Isabel se empeñó en que Ginés fuese al conservatorio y lo consiguió, aunque tuvo que viajar treinta kilómetros dos veces a la semana para acompañarlo. A mí me parecía ridículo que un chaval del campo perdiese el tiempo con algo que no le iba a servir para nada, pero jamás discutí su decisión. Y llegó a contagiarle el veneno de la música; ella, que no había estudiado música en su vida pero cantaba como los ángeles. Tengo algunas grabaciones suyas. Ahora no soy capaz de oírlas, hasta me cuesta ver sus fotos.

Los ojos del abuelo brillaron. Nunca lo había visto llorar. Tampoco a ninguno de los hombres de mi familia. Eso de «los chicos no lloran» lo llevaban a rajatabla.

Aunque yo siempre había sido incapaz de cumplirlo. En ese momento me resbalaron un par de lagrimones por la mejilla, y me dio igual que Sofía estuviese allí.

—Ginés fue quien peor llevó la muerte de su madre —continuó el abuelo—. Al principio perdió hasta la voz. Dejó de cantar, de tocar la guitarra y hasta de hablar. Volver a escuchar el instrumento al cabo del tiempo fue la primera alegría después de tanto luto. Pero a partir de entonces solo tuvo una idea fija: irse de aquí. Supongo que, sin su madre, no hay muchas cosas que le unan a este pueblo. Nuestra relación nunca ha sido mala, aunque somos muy distintos.

—Así que no hay nada que hacer —dije mirando al suelo.

—No voy a intentar sacarle los pájaros de la cabeza a tu tío, aunque me temo que se estrellará con esas locas ideas. Espero que, al menos, le dé para montar un negocio decente lejos de aquí…, y que venga a vernos de vez en cuando.

Creo que en ese momento nos rendimos. Yo ya no sabía qué decir y Sofía parecía una niña desvalida por primera vez desde que la conocí.

Nos despedimos del abuelo, que nos animó con un abrazo de oso y unas palabras escogidas:

—Vosotros dos siempre podéis seguir siendo amigos, eso no puede impedirlo ninguna urbanización.

Mejor me habría ido si le hubiese hecho caso.

Después de salir de allí, permanecimos callados. Caminamos silenciosos por la calle hasta una sombra. Sofía se sentó en el suelo y apoyó la espalda en la pared de una casa. Lloraba y yo no sabía qué hacer para consolarla. La habría abrazado —¡ya te digo!—, pero me daba vergüenza. Llevo años arrepintiéndome de no haberlo hecho.

—¿Dónde vive tu tío? —preguntó de pronto, poniéndose de pie de un salto.

7

Expulsados del paraíso

Cuando encuentras el paraíso no lo quieres perder. Desde los tiempos de Adán y Eva, ser expulsado del edén es una maldición, al menos eso decían las monjas de mi colegio, y yo no estaba dispuesta a que me echaran de mi paraíso particular. El problema estaba en que los sueños de Ginés eran incompatibles con los nuestros.

Parecía imposible evitar lo inevitable: la playa y las estrellas desaparecerían ahogadas por los ladrillos y las farolas. Delante de mis ojos. ¿Pero me iba a quedar ahí sentada, a la sombra, con la espalda apoyada en una pared, pensando en la abuela Isabel mientras lloraba?

No. No iba a quedarme de brazos cruzados.

—¿Dónde vive tu tío?

Miguel, que estaba tan pensativo como yo, o incluso más, porque al fin y al cabo aquella era su familia, pareció regresar del pasado.

—Aquí detrás, pero seguro que está durmiendo la siesta.

—¡Mejor! —exclamé resuelta—. Así lo despertaremos.

Miguel me detuvo con cara de espanto.

—¡Oñá! ¡Estás loca! ¿Quieres estropearlo más? Se pone de muy mal humor si lo despiertan.

—¿No eres tú su único ahijado, su sobrino favorito? Seguro que se alegra de verte, aunque sea a estas horas.

Recapacitó y su rostro, de pronto, dibujó una sonrisa. A la carrera alcanzamos el portal de la casa y Miguel llamó varias veces al timbre.

—Está claro que lo vamos a despertar; quizá nos mate —dijo riendo.

—¡Qué pasa! —La voz del tío Ginés atronó tras la puerta.

En vez de preguntar: «¿Quién es?», había preguntado: «¿Qué pasa?». Estaba claro que no era habitual que le interrumpieran el sueño, a no ser que ocurriese algo grave.

Abrió. Vestía una camiseta de tirantes, un pantalón corto y tenía el pelo revuelto. Desde luego, acabábamos de despertarlo.

—Soy yo. Bueno, nosotros —balbució Miguel con un hilo de voz.

Pasamos del susto a la tranquilidad. El rostro de Ginés, como yo había previsto, cambió de golpe cuando advirtió que se trataba de su sobrino favorito.

—¿Qué pasa rena… Miguel? —dijo. Parecía más una bienvenida que una pregunta. Se dio cuenta a tiempo de que no podía llamar a su sobrino «renacuajo» delante de mí.

—Queríamos hablar contigo. Perdón por haberte despertado de la siesta —se disculpó Miguel.

—Es igual —dijo de forma poco convincente mientras bostezaba y se rascaba la cabeza—. Pasad.

Entramos en una sala pequeña con una mesa redonda en el centro. La casa tenía un aspecto humilde, como otras que había visto en el campo. Me fijé en las fotos de cantautores que había en la única estantería del cuarto y reconocí a algunos. También había una foto de su madre, Isabel, la misma que tenía el abuelo en el aparador.

—Tú eres Sofía, ¿verdad? Miguel me ha hablado muy bien de ti.

Noté cómo mi amigo se sonrojaba y miraba al suelo. Me alegré de que Miguel le hubiese hablado de mí, aunque me pareció extraño pues estaba segura de que Ginés no había aparecido un solo día por la playa desde que yo estaba allí.

—Sí, yo también tenía ganas de conocerte —contesté resuelta.

—¿Venís a que os enseñe a tocar alguna canción?

Los dos nos quedamos un momento en silencio. En ese momento tuve la certeza de que nuestras palabras no iban a convencerlo porque sus motivos eran tan poderosos, o más, que los nuestros. ¡Qué ilusos! Quizá hubiese otra manera. Quizá. Tendría que improvisar.

—Verás, es que queríamos invitarte a un festival —le propuse casi sin pensar.

Miguel me miró entre incrédulo y sorprendido.

—¿Un festival? ¿De niños? —preguntó mirándonos alternativamente a uno y otro.

—Bueno, queríamos enseñarte algunas cosas, y oírte tocar la guitarra, pero en nuestro ambiente. Allí, en la playa, con nuestros amigos.

—Sí —intervino Miguel, que parecía haber comprendido—, así verás lo que he progresado con la guitarra.

—Está bien, un día de estos.

—¡Nooo! —gritamos los dos a la vez.

—Tiene que ser cuanto antes —insistí—. Quizá dentro de unos días haya tenido que volver a mi casa.

—Está bien, me acercaré mañana sábado por la tarde. Así veo a tu padre, que tengo que hablar con él. ¿Os parece bien?

—Estupendo —afirmé—. Te lo pasarás genial.

—No lo dudo —me contestó divertido.

No me volví cuando salimos de la casa, pero puedo asegurar que nos miraba sonriendo mientras nos alejábamos. Yo sabía que estaba todo perdido, solo quería que él conociera también nuestros motivos, que viera su playa antes de que cambiara para siempre.

8

Sin arena y sin estrellas

—¿Qué estás tramando? —pregunté a Sofía con los dientes apretados, nada más salir de casa de mi tío.

Pensé que mi amiga iba a cantarle las cuarenta a Ginés... y se limitó a invitarlo a una fiesta. Y yo siguiéndole la corriente sin saber de qué iba aquello. A ver, ¿qué otra cosa podía hacer?

Ella seguía callada, andando a zancadas y pisando con fuerza. No veas el polvo que iba levantando.

—¿Me lo vas a explicar? —insistí.

Sofía se detuvo, me miró como si acabara de bajarme de un platillo volante, puso sus manos en mis hombros y me abrazó. Fue un segundo, o un milisegundo, pero me *abrazó. Y yo me quedé congelado a treinta y cinco grados a la sombra.*

—¡Vamos! Ahora te cuento.

Seguí andando, como los zombis de las pelis esas que me dan tanto miedo, detrás de ella, que ya parecía dispuesta a hablar.

—Vamos a enseñar a tu tío cómo se juega en nuestra playa y cómo no se volverá a jugar nunca si vende a la constructora. Y no te creas que he olvidado sus motivos. A ver, piensa. —Yo no estaba seguro de poder pensar nada inteligente—. ¿Te acuerdas de lo que me preguntaste ayer? Pues ahora te devuelvo la pregunta: ¿qué hacemos nosotros que no pueden hacer los niños de Urbaplaya?

La respuesta era fácil, así que contesté sin necesidad de pensar demasiado:

—Podemos montar en bici por cualquier parte sin el peligro de los coches.

—Bien, ¿qué más?

—Podemos hacer pis en el campo, detrás de los árboles.

—¡Guarro! —exclamó sorprendida, y me dio un empujón—. Eso no vale.

—No te creas, es muy divertido. A mi tío lo he visto muchas veces mear detrás de la palmera que hay junto al campo de fútbol.

—¡Cállate! —me gritó—. Me apoyé en ella el otro día mientras os veía jugar un partido. Los chicos sois unos guarros.

Cuando sacaba sus modales de señorita de Madrid yo me moría de la risa. Era mentira lo de la palmera, pero me gustaba provocar su lado finolis de vez en cuando.

—Venga, di algunas cosas más, pero en serio, ¿eh? —insistió.

—Podemos pasarnos el día en bañador, del agua a nuestra casa, sin ponernos ni zapatillas ni chanclas, descalzos.

—Podemos jugar a la pelota en cualquier parte —añadió ella.

—No serás tú, que parece que le tienes miedo a los balones —me burlé.

—¡Qué gracioso! —soltó para seguirme la corriente—. Soy una señorita y las señoritas no hacemos el bruto —dijo exagerando los gestos.

—Podemos coger berberechos con la mano.

Sabía que a Sofía le encantaban los berberechos, y que los cogíamos con solo agarrar un puñado de arena del fondo.

—¿También se acabarían los berberechos? —preguntó asustada.

—¿No te has bañado en Urbaplaya? Allí casi no quedan y los que hay, desde luego, yo no me los comería.

—¡Qué pena! ¡Con lo que me gustan! —exclamó con una voz tristísima.

—¡Oñá! ¡Las estrellas! —grité—. Por la noche podemos ver millones desde aquí, pero en Urbaplaya casi no se ven por los rascacielos y la cantidad de luces que hay.

—¡Las estrellas! —exclamó con voz apagada—. Nos quedaremos sin arena y sin estrellas, y me temo que no tiene arreglo. Habrá que disfrutar el tiempo que nos queda. Y no vamos a rendirnos.

9

LOS MOTIVOS DEL TÍO GINÉS

Si deseas algo que se te escapa de las manos, saltan los resortes de la imaginación. Entonces crees que nada es imposible. Quería que Ginés nos viera y comprendiese la gravedad de lo que iba a hacer, aunque luego, evidentemente, tomase una decisión pensando más en sus intereses que en los de una panda de chiquillos escandalosos.

Teníamos que contárselo todo al resto de la pandilla, al menos a los mayores. Juntos tendríamos más fuerza. Y ya se me ocurriría algo para implicar a los pequeños. En cuanto regresamos a la playa nos reunimos con Juanma, Arturo, Loli, José y algunos más. Se quedaron pálidos cuando lo supieron.

—¿Cómo te has enterado y yo no? —se enfadó José.

Miguel tuvo que explicarle que había escuchado la conversación por casualidad, pero no contó nada de las entrevistas con el abuelo y con Ginés. Seguramente se habría enfadado aún más y no convenían las peleas en ese momento.

—Ya entiendo por qué mi padre no quiere hablar del verano que viene, ni de las reformas que necesita nuestra casa. Nuestros padres están al tanto —afirmó convencido Arturo—. Desde mi litera veo el cielo y las estrellas por la noche. Hay un agujero enorme en el techo y me dice que para qué lo va a tapar.

—¿Qué podemos hacer? —preguntó Loli.

—Me temo que casi nada —reconocí—. Estoy segura de que Ginés venderá. Las palabras no van a convencerlo, pero quizá podamos hacer algo que le haga reflexionar.

No sé cómo, pero logré trasmitir esperanza a los rostros de mis amigos, les hice creer en lo que yo misma dudaba. Se aferraban a un quizá que yo ya había descartado.

—Pues vamos. —Arturo se cuadró delante de mí; él, que unos años después sería guardia civil—. ¡Estamos a tus órdenes!

Les expliqué el plan y lo preparamos todo.

La moto destartalada de Ginés anunció su llegada a media tarde del sábado, la hora perfecta para desplegar todas las actividades.

No parábamos de movernos, parecía que nos habíamos tomado tres cafés cada uno. «Se va a notar —pensé—, demasiado ajetreo es sospechoso». A Miguel también le dominaba el mismo nerviosismo. Se subió a la bici y se puso a dar vueltas alrededor de su tío.

—¡Que me vas a marear, canijo! —le gritó.

Como Ginés se había traído la guitarra, Miguel cambió las ruedas de la bici por las cuerdas del instrumento.

—Oye —le propuso entusiasmado a su tío—, ¿tocamos algo juntos?

Aceptó la idea. Yo andaba por allí espiando sus movimientos. Enseguida me di cuenta de que había llegado el momento. Nos sentamos en el porche de la casa de Miguel y en un segundo acudió todo el grupo.

—Vamos a celebrar un festival —les anuncié—. Cada uno debe hacer algo especial, una cosa que se le dé muy bien, y luego votamos aquello que nos haya gustado más. Claro, habrá un premio para el ganador.

—Tú también tienes que participar —le pedí a Ginés—. Para eso te has traído la guitarra.

Los pequeños empezaron a aplaudir y se sentaron en el suelo a ver qué pasaba.

—Venga —soltó Ginés animado por la inesperada acogida—. Yo empiezo.

Rasgó levemente las cuerdas de la guitarra y los pequeños se callaron. Hasta Damián, que estaba dándole collejas a Javi en ese momento, se quedó quieto.

Comenzó a oírse una melodía suave, con el mar de fondo. Y cuando comenzó a cantar, la voz que salía de su garganta nos envolvió a todos. No parecía la misma que usaba para regañar a sus sobrinos. Nunca olvidaré cómo sonaba aquella canción. No sé si sería el momento, la compañía o que realmente él puso toda su alma en la interpretación, lo cierto es que logró emocionarnos.

Cuando acabó, estallamos en aplausos sinceros que él agradeció con aire satisfecho. Se le veía contento de estar allí. Le siguió Miguel y tocó una de las canciones que su tío le había enseñado. Estaba concentrado en las cuerdas de la guitarra, pero entonces alzó la vista y nos miramos: aquello tampoco lo olvidaré nunca.

Todos participamos mostrando nuestras habilidades. Javi dio una exhibición montado en su bici. Arturo retó a tres pequeños a que se pusieran de porteros, él les marcaría gol en cada tiro a puerta.

La cosa quedó en tres goles, dos lanzamientos al poste y una parada —el pequeñajo que logró atrapar la pelota no paró de dar volteretas de alegría—. Juanma contó chistes —algunos verdes, eran su especialidad—. Loli hizo un truco de magia con las cartas. José le pidió la moto a su tío para hacer el caballito, pero Ginés se negó, así que tuvo que conformarse con hacer saltar piedras por la superficie del agua. Consiguió que una rebotase quince veces antes de hundirse en el mar. Y sin tropezar con ningún bañista.

Al final, alguien gritó: «¡Al agua!», y corrimos todos a meternos en el mar en un lío de salpicaduras y aguadillas. Ginés nos siguió divertido. Después de reírnos un rato y hacer un poco el bruto, se sentó en la arena. Los mayores lo seguimos.

—¿Qué tal te lo estás pasando? —le pregunté sin darle tregua.

—Sois estupendos —nos dijo sonriendo—. De verdad que me lo estoy pasando muy bien. Me acuerdo de cuando era como vosotros.

Cuando los más pequeños se dieron cuenta de que habíamos salido del agua, vinieron corriendo. Pensé que ese era el momento de hablar seriamente con Ginés.

Así que me levanté con la excusa de que quedaba pendiente el asunto del premio al ganador.

—Venid conmigo —les ordené—. Tengo que contaros algo.

Me los llevé aparte unos minutos. No hay nada que guste más a los pequeños que compartir un secreto. Les encargué la tarea de buscar más tarde los regalos para el ganador de la prueba. Cuando regresamos con el resto del grupo, los niños no podían disimular su alegría.

—Bueno —empecé solemne—. Vamos a elegir al ganador. Que levanten la mano los que voten por Ginés.

Los más pequeños alzaron sus manos entusiasmados, tal como les había indicado. Los mayores al principio se quedaron un poco desconcertados, pero enseguida lo entendieron y los apoyaron también.

—Muy bien, Ginés, está claro que eres el vencedor. El premio es un regalo de cada uno de nosotros, algo muy especial que no se puede comprar en una tienda. Una cosa que solo puedes encontrar en esta playa que tanto nos gusta.

Estaba en juego la supervivencia de nuestro paraíso. Los pequeños salieron corriendo en todas direcciones, tenían instrucciones muy concretas y cada uno sabía lo que debía traer. Al resto del grupo les hice un gesto para que permaneciera sentado:

—Los mayores nos quedamos con Ginés, tenemos que hablar con él.

Ese día aprendí a escuchar de verdad. Cuando te paras a oír lo que otro tiene que decir, te das cuenta de que no solo existen tus motivos. Nosotros queríamos que Ginés entendiese nuestras razones, pero también escuchamos las suyas.

—Me acuerdo de cuando era pequeño. Mi madre fue la que quiso tener aquí un refugio, así llamábamos a esto —dijo señalando la casa de Miguel—. Lo construyó mi padre poco a poco, sin gastarse mucho en materiales. Veníamos los fines de semana a poner algún ladrillo, y tardó bastante en acabarlo. En cualquier caso, venir hasta aquí, aunque fuese a trabajar, siempre era una fiesta. Mi madre se metía en el agua y nos daba instrucciones desde allí. Decía que con tres hombres en casa se negaba a poner un ladrillo. A menos que nosotros la reemplazásemos alguna vez en la cocina, cosa que, desde luego, ninguno estaba dispuesto a hacer. Ella nos preparaba una merienda estupenda, y siempre se la veía feliz, no paraba de cantar.

—Pues has tardado mucho en volver. Yo pensaba que no te gustaba la playa o que no querías vernos ni en pintura —le reprochó su sobrino José.

—¡Qué va!, yo también he jugado aquí como vosotros. También he montado en bici y cogido berberechos. Pero cuando murió mi madre me daba pena volver. Demasiados recuerdos. Al abuelo le pasaba igual. Así que empezasteis a venir vosotros solos. Tu padre se quiso quedar la casa; con tanto niño es bueno tener una casita en la playa.

En ese momento llegaron los pequeños en tropel. Traían las manos ocupadas y cada uno fue dando su regalo a Ginés:

—Esto es una pulsera hecha con pequeñas caracolas recogidas en la playa. ¿A que es bonita? Si tú no te la pones, se la puedes regalar a tu novia. ¡Ah!, que sepas que en Urbaplaya no puedes encontrarlas —advirtió Yoli al entregarle su regalo.

—Berberechos —soltó Damián desparramándolos sobre su tío—. No hay en Urbaplaya.

—Un ramo de margaritas silvestres —le ofreció la pequeña Pili.

—Sí —se apresuró a añadir Ginés—. Ya sé que en Urbaplaya no quedan margaritas silvestres.

No había duda, definitivamente había captado nuestras intenciones. Quizá nos habíamos pasado con la exhibición de presentes.

Bajé la vista ante su mirada. Ginés también intuía que era yo la que había organizado toda esa puesta en escena. Tenía que dar la cara.

—Ya sabes por dónde vamos, ¿verdad? —le pregunté, aunque conocía la respuesta.

—No queréis que venda —dijo claramente.

Asentimos con la cabeza, pero no fuimos capaces de pronunciar una palabra. Ya no teníamos nada más que decir, le tocaba a él explicarnos sus motivos, aunque un adulto no tenía por qué justificarse ante un grupo de mocosos, a pesar de que algunos fuesen sus sobrinos.

—El abuelo me dijo que estabais al tanto de todo —nos explicó. Ahora entendía por qué se había dado cuenta de nuestra maniobra—, y que no queríais que vendiese. Yo os comprendo. Este lugar es fantástico, ninguna playa es como la nuestra, lo sé muy bien. Pero tengo mis motivos. No puedo seguir viviendo en Los Llanos. Aquí no soy feliz, sobre todo desde que murió la abuela. Se me presenta una oportunidad única. Lo he pensado mucho, para mí también es un dilema. Mi madre adoraba este sitio. Ella no era de aquí. Era madrileña, como tú, Sofía.

¡Vaya sorpresa! Seguro que esto no lo sabía Miguel o me lo habría dicho. ¡Su abuela era paisana mía!

—Por aquel entonces poca gente veraneaba por esta zona, pero a mi madre, con diecinueve años, le recomendaron este mar para curarse de sus problemas de reúma. Sus padres, que tenían dinero, la trajeron aquí. El pueblo más cercano a la playa era Los Llanos y allí se alojaron, en la pensión que había al lado de casa de mis abuelos. Y allí conoció a mi padre. A él le gustó esa chica tan pálida y tan frágil, y a ella le impresionó ese hombre tan moreno y tan fuerte. En cuanto mis abuelos se percataron de lo que pasaba, se llevaron rápidamente a su hija para que no se viesen nunca más. Pensaban acabar así el tratamiento contra el reúma y el romance. De vuelta a Madrid, mi madre recayó, no sé si por la ausencia de mi padre o por la del mar. El médico, que era una buena persona, dijo a mis abuelos que los baños eran imprescindibles para Isabelita y no les quedó más remedio que volver, aunque esta vez eligieron otro pueblo para alojarse. Su amor fue más fuerte que la oposición paterna, y ellos se las ingeniaron para poder verse aunque fuese unos breves minutos al día. Cuando mi madre dijo abiertamente a mis abuelos que quería quedarse allí con Paco, ellos recurrieron al único chantaje que pensaban que funcionaría. Mi madre quería entrar en el conservatorio. Tenía que escoger entre cantar o Paco. Ante el disgusto de su familia, mi madre eligió a mi padre, y mis abuelos, bastante comprensivos en el fondo, aceptaron su decisión.

Hizo una pausa y Miguel aprovechó para soltar lo que llevaba rumiando todo ese rato.

—¡Oñá! No tenía ni idea. ¿Por qué mi padre no me ha contado nunca esa historia?

—Quizá porque tienes once años —le contestó Ginés.

—Pues a mí tampoco, y tengo catorce —replicó José.

—Tu padre es un hombre de pocas palabras y sé que no le gusta hablar de nuestra madre. Discutieron poco antes de… ¡Pero bueno! Lo que importa es que yo quiero probar suerte en Madrid, y por eso me quiero ir. Varias veces viajé allí con mi madre. Tu padre no quería acompañarla porque siempre ha preferido la paz del campo; suerte para él. A ella le gustaba mucho su ciudad, se notaba. «Mira qué cielo», me decía cuando paseábamos por las tardes cerca de la Plaza Mayor. Nos íbamos a marchar los dos una temporada a Madrid, pero ella murió y se acabó todo.

—Pero también le gustaba esto, tú lo has dicho —interrumpió Miguel.

—Sí, muchísimo, adoraba este mar que le ayudó a encontrarse mejor. Aquí se sentía muy bien. Echaba de menos su ciudad, pero prefería esto, sobre todo porque era la forma de estar con su Paco. ¡Ojalá ella estuviese aquí para decirme lo que debo hacer! Era una mujer muy especial, hacía cosas que no hacían otras madres: nos cantaba a todas horas, nos regalaba piedras y hojas para que pensásemos qué se podía hacer con ellas, guardaba sus tesoros en una caja de zapatos… Pero ya no está aquí y yo no sé bien qué hacer para no defraudarla y no defraudarme a mí mismo.

Vio nuestras caras de desolación. Habíamos escuchado y sabíamos que le movían sentimientos sinceros. No era solo por dinero por lo que vendería el paraíso.

—Os aseguro que lo he pensado mucho. Os prometo… por este mar que cura reúmas y une almas gemelas, que lo seguiré meditando antes de tomar una decisión definitiva. Os lo prometo.

Miguel se acercó a su tío y lo abrazó. A los dos se les saltaron las lágrimas.

10

Secretos de mayores

¡Qué misteriosos me parecían siempre los mayores! Se creen que los niños son tontos, que no se enteran de las cosas o que no les interesan —como si viviesen en otro universo—. Por eso siempre me gustaron las personas que no me trataban como a un bebé idiota, sino como a alguien que estaba aprendiendo.

Al problema sin resolver de las tierras de mi tío se añadió otro aún peor, al menos para mí, y del que me enteré casi por casualidad.

No sé si era por mi escasa estatura, por mi finísimo oído o por esta curiosidad que me caracterizaba, pero muchas veces sorprendía conversaciones de los adultos que acababan dejándome asombrado. De esta manera, a escondidas, descubrí un segundo secreto en menos de una semana. Me enteré antes que mis hermanos de una noticia que los habría dejado tan boquiabiertos como a mí.

Ese día me levanté más temprano que de costumbre. Un portazo me había despertado y preferí acercarme a la cocina a desayunar con mis padres antes de que el resto de los cafres se levantaran. Entonces, los escuché hablar bajito, como quien cuenta un secreto. Así que me quedé detrás de la puerta, escuchando por una rendija y mirando sin que se dieran cuenta de que yo estaba allí.

—No se lo quiero decir aún a los niños, hasta que no esté segura de que todo va bien. Quizá el mes que viene, ¿no crees? —decía mi madre.

—Está bien, Teresa. Esperaremos. Pero seguro que les hace ilusión —contestó mi padre.

—No sé. José está en una edad difícil. Ya ves que protesta por todo y sigue peleándose con sus hermanos como si tuviese tres años. Y Miguel...

—¿Qué pasa con Miguel?

Al escuchar mi nombre agucé aún más el oído.

—¡Es tan sensible! —siguió mi madre—. No sé cómo le puede afectar tener otro hermano, parece que no encaja en este grupo...

¡Oñá! Así que mi madre estaba embarazada. ¡Antes de un año seríamos otro más! Cinco salvajes iban

a ser demasiados. A ver si había suerte y esta vez era niña, como yo sabía que deseaba mi madre. La pobre debía de estar harta de cafres; a decir verdad, yo también.

—*Si es niña me gustaría llamarla Isabel, como su abuela.* —*Las palabras de mi madre confirmaron mis sospechas.*

Pero la brusca respuesta de mi padre me descolocó:

—¡*Ni hablar!* —*gritó de pronto*—. *Sabes de sobra que no quiero que mi hija se llame así. Ya lo hemos discutido otras veces.*

—*Pero debes perdonar. No tiene sentido que te empeñes en seguir sufriendo. Sería una bonita manera de superar esto* —*le dijo mi madre con una voz triste.*

—*No hay más que decir, Teresa. No insistas.*

Entonces, se quedaron en silencio, tanto que llegué a pensar que se oirían los latidos de mi acelerado corazón a través de la puerta de la cocina. No entendía nada. ¿Por qué se había puesto así mi padre? ¿Por qué no quería que mi futura hermana llevase ese nombre? Más misterios en torno a la abuela Isabel y demasiadas preguntas sin respuesta.

Aunque había descubierto algunos secretos de mi familia, tenía la impresión de que me ocultaban más. Quería enterarme de todo y sospechaba que las historias del pasado tenían mucho que ver con lo que ocurría en el presente.

Atando hilos, me di cuenta de que mi padre hablaba muchas veces de sus travesuras infantiles y de su trabajo —«Hijos, la tierra es dura pero nuestro pies están hundidos en ella, como las raíces de los árboles»—, pero de su madre no decía nada. Apenas la mencionaba. Y, desde luego, cuando contaba algo de ella, no parecía emocionarse tanto como el abuelo y el tío Ginés.

Ahora me había dado la impresión de que hablaban de un personaje de película, alguien que nunca había existido.

Aquella mujer valiente y cantarina había sido mi abuela. Aunque ya habían pasado ocho años desde su muerte, no había perdido la esperanza de conocer más cosas suyas. No podría nunca hablar con ella, ni ver su cara, pero quería saber quién y cómo era. Unos y otros me escondían parte de la verdad y yo estaba dispuesto a llegar hasta el fondo del misterio.

Empecé por preguntar a mis hermanos, aunque Javi no tenía ni idea del asunto:

—¿Que si la recuerdo? —dijo con cara de tonto, para no variar—. ¡Pero si se murió antes de que yo naciera! Solo sé que el abuelo tiene una foto suya en el salón. A mí no me parece muy guapa, aunque él diga que no había tía más buena en Los Llanos.

¡Qué bruto! ¿Cómo podía yo sobrevivir en medio de aquella pandilla de cafres?

Con José no creí que me fueran mucho mejor las cosas, no nos llevábamos bien. Y eso que ya no me miraba tan mal como unas semanas antes. Desde que tuvo claro que Sofía no era su tipo —y yo tuve más claro aún que a Sofía él no le interesaba nada—, ya no me daba empujones cada vez que nos cruzábamos.

—¿Recuerdas algo de la abuela Isabel? —*me atreví a decirle una tarde que nos quedamos solos en el porche durante la siesta.*

—Yo era muy pequeño cuando...

—Ya sé que tenías pocos años cuando murió —*le corté*—, pero seguro que te acuerdas de algo.

—¿A qué tanto interés? —*me preguntó desconfiado. La desconfianza era una parte importante de su personalidad.*

—¿No te has dado cuenta de que papá nunca habla de ella?

—¿Y qué? —*me contestó con cara de extrañeza.*

Parecía que no iba a sacar nada y que no le interesaba lo que le estaba diciendo, pero de pronto su mirada cambió y se giró hacia la playa.

—Me acuerdo de una tarde de verano —*empezó a contar sin dejar de mirar el mar*—. Estábamos aquí, en el porche, y ella te tenía a ti en brazos. Eras un bebé. Te cantaba una nana. Una nana muy bonita. Me gustó tanto que yo quise que me cogiese en brazos también a mí. Ella lo hizo sin soltarte y siguió cantando.

—Es un recuerdo muy bonito.

—Casi lo había olvidado, me alegro de que hayas venido tú a recordármelo.

—Gracias.

Me miró con complicidad por primera vez en su vida. Me despeinó, en un gesto de cariño. No habría sido capaz de darme un beso o un abrazo, eso hubiese sido demasiado.

Muchas cosas cambiaron ese verano, entre ellas la relación con mis hermanos. La abuela, desde el más allá, había conseguido nuestra primera demostración de afecto. Yo me había pasado la vida peleándome con los tres, pero en ese instante, y gracias a ella, las cosas empezaron a ser distintas.

—Lo guardaré para mi colección —me atreví a añadir.

Mi hermano puso cara de no entender nada.

—Para mi colección de recuerdos —le expliqué—. Es una idea de Sofía, dice que hay que coleccionar recuerdos bonitos. Consiste en buscarlos, vivirlos y apuntarlos para que no se olviden. Luego viene muy bien cuando estás triste, en invierno, recordarlos. Es como mirar una y otra vez un álbum.

—¡Qué raros sois los dos! Tal para cual —dijo divertido antes de entrar en la casa y dejarme con la palabra en la boca.

Yo también me fui, en busca de Sofía. Quería compartir con ella lo que acababa de contarme mi hermano.

A partir de ahora mismo, el recuerdo queda guardado para la posteridad en esta grabadora. Para la posteridad y para lo que va a pasar dentro de poco. Ya no se me podrá olvidar ni aunque transcurran cien años.

11

¿QUÉ TENEMOS QUE BUSCAR?

Parecía que aquel asunto de la playa en peligro se complicaba cada vez más y Miguel me arrastraba como cómplice de su búsqueda. Después de lo que nos había contado su tío Ginés, mi amigo deseaba saber más de la vida de su abuela, como si en ella estuviese la solución.

Le entendía; yo en su caso habría hecho lo mismo. Las abuelas son importantísimas en la vida de un niño; diría más, en la vida de cualquier persona, tenga la edad que tenga. En la mía, lo era muchísimo, desde luego. La tuve cerca desde los primeros años de mi vida y siempre nos habíamos querido de manera especial.

Miguel no había conocido apenas a la suya, tenía derecho a saber cómo era. Yo le ayudaría. Cuando me contó el recuerdo que su hermano había compartido con él, lo tuve más claro aún.

—¿Se te ocurre qué podemos hacer para enterarnos de más cosas? ¿Y si registramos la casa de mi abuelo? Quizá encontremos algo.

¿Sería un delito lo que me estaba proponiendo? Jamás se me había ocurrido ni siquiera mirar en los cajones de la habitación de mis padres.

—Un poco difícil, ¿no? ¿Y qué crees que vas a encontrar?

—No tengo ni idea, por eso quiero buscar —dijo convencido.

—¿Crees que eso nos puede servir para salvar la playa?

—A ella le gustaba mucho este sitio, ya oíste a mi tío.

—No sé si habrá algo en el mundo capaz de convencerle de que no debe vender. Casi me convence hasta a mí —suspiré.

—Solo mi abuela podría hacerle cambiar de opinión. Ya oíste a Ginés: si ella estuviese aquí, le preguntaría.

—¡Un momento! —exclamé al recordar de pronto algo—. Tu tío nos dijo que ella tenía una caja en la que guardaba sus tesoros. Si encontramos esa caja... A lo mejor tiene algo que nos pueda servir para convencer a tu tío.

—¡Es verdad! ¿Me vas a ayudar a buscarla?

—¡Por supuesto, cómo puedes dudarlo! Aunque nos metamos en un lío, porque esto de entrar en casa ajena a registrar no me parece muy legal —objeté.

—No exageres, es la casa de mi abuelo. Ve pensando un plan —me ordenó.

¡Pues vaya! Mi imaginación no daba para tanto. Una cosa era organizar juegos en la playa y otra planificar un allanamiento de morada —como había oído decir en las películas—. Sin embargo, no podía dejar solo a Miguel. Debía pensar algo y rápido.

—¿Cuándo sale tu abuelo a la calle?

—Está jubilado, así que no tiene que madrugar para ir a al campo. A veces ayuda a mi padre, pero sin un horario fijo. Va a la compra, supongo, no sé a qué hora. Por las tardes suele echar una partidita en el bar con otros abuelos del pueblo.

—¡Claro! ¡La partida de mus! ¡Nos lo dijo el otro día! —Esa podía ser nuestra oportunidad—. Ahora habrá que ver cómo entramos a su casa. ¿Tus padres tienen llaves?

—Creo que sí, pero no sé dónde.

—¿No tenéis un armarito en la entrada donde guardarlas? —le pregunté. En mi casa había uno;

yo lo habría tenido muy fácil para localizar cualquier llavero.

—¿Un qué? —preguntó extrañado. Estaba claro que en casa de Miguel no había.

—Debemos acercarnos una tarde al pueblo, comprobar si está en el bar jugando a las cartas, buscar una excusa para que nos dé las llaves y entrar —sugerí.

—No se me ocurre nada.

—¡Qué poco inspirado te veo! No creo, además, que tengamos mucho tiempo para registrar. Debemos llevar pensado por dónde empezar a buscar. Y no me digas que no se te ocurre nada —insistí.

—No se me ocurre nada —dijo con voz tristona.

—Veo que hoy eres de poca ayuda.

—¿Por dónde empezarías tú? —acertó a preguntarme.

—Quizá por el salón. ¿Hay algún cuarto trastero en casa de tu abuelo? Esa sería otra posibilidad.

—Que yo sepa, no.

—¿Cuántas habitaciones más hay en la casa?

—El dormitorio, una especie de cuarto de invitados, una salita donde el abuelo suele ver la tele y la antigua habitación de mi padre y mi tío —me explicó.

—Creo que debemos empezar por el salón y seguir por el dormitorio —propuse.

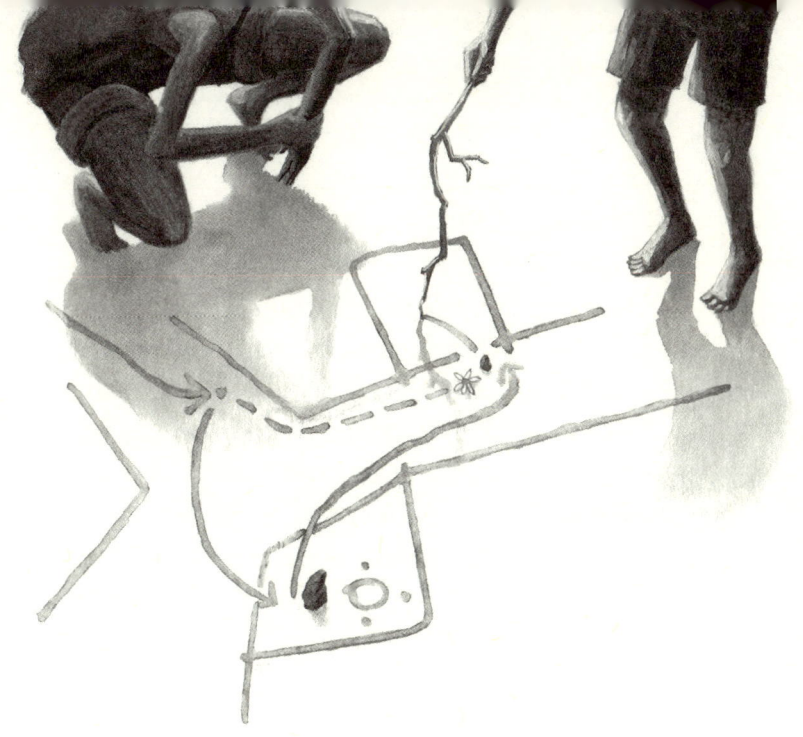

—Se me acaba de ocurrir algo. Podríamos ir mañana mismo, por la tarde. Nos presentamos con la guitarra, como si Ginés fuese a darme una clase, y le pido las llaves para que me deje guardarla en su casa. Le diré que el tío no me abre y que no quiero cargar con ella toda la tarde.

—También puedes decir que vienes acalorado y que te quedarás un rato tomando una limonada —sugerí.

—Habla en plural, iremos los dos —afirmó, resuelto.

—No parece muy complicado, lo que dudo es que encontremos algo. Es mejor ser realistas.

—¡Oñá! ¿Tú, realista? ¿Es que te has rendido? —preguntó preocupado.

Era cierto, no tenía muchas esperanzas. No acababa de convencerme aquella aventura, no sabía adónde nos iba a llevar ni qué tenía que ver conmigo. Me preocupaba la destrucción de la playa, aunque no entendía la necesidad de Miguel de ir más allá. Él confiaba en mí más que en el resto de los chicos de la pandilla, incluso más que en sus propios hermanos. Parecía claro que solo aceptaría mi ayuda, y no le podía fallar.

12

Allanamiento de morada

Sonaba a película: «Allanamiento de morada». Decía Sofía que eso era lo que íbamos a hacer, como en las pelis de detectives. Me parecía tan emocionante que pedaleé con más fuerzas que nunca hasta Los Llanos, a pesar del calor y del peso de Sofía sobre el sillín.

No le había contado toda la verdad a mi amiga; me sentía un poco traidor por no decirle que mi madre esperaba otro niño y que, si era chica, mi padre se iba a negar a ponerle el nombre de mi abuela. De todas formas, no estaba seguro de si sería capaz de callármelo mucho más tiempo. Seguro que no.

Llegamos a la puerta del bar de Pedrín, donde el abuelo Paco pasaba las tardes jugando al mus con otros jubilados del pueblo. ¡Qué afán por el mus! Nunca lo entenderé. Bueno, tal vez cuando tenga setenta años, como él.

Sofía se quedó fuera y yo entré acentuando la cara de cansancio. Enseguida lo vi, charlando animadamente con su pandilla. Entre los cuatro sumarían mil años. Me saludaron como si fuese el nieto de todos ellos.

—Tómate algo, zagal. Se te ve cansado —me invitó el tío Rafael.

Rafael no es mi tío, pero en mi pueblo a todos los hombres mayores los llamamos así.

—No, muchas gracias —contesté—. Prefiero descansar un rato en tu casa, abuelo. ¿Me dejas las llaves? Quiero ver una serie que echan en la tele a esta hora. Dentro de un rato tengo clase de guitarra y he venido cargado con ella desde la playa.

Ese «ella» se refería a la guitarra, aunque a quien en realidad había llevado a cuestas varios kilómetros había sido a Sofía. Lo de la serie de televisión se le había ocurrido a mi amiga a última hora, para «tener una coartada».

—Anda, toma —dijo el abuelo mientras me daba las llaves—. En la nevera hay limonada, por si tienes sed.

—Gracias, no desordenaré nada.

—Más te vale —me advirtió—. Aunque tú tienes menos peligro que el resto de tus hermanos. A ellos no les dejaría las llaves de mi casa ni loco.

Los hombres se rieron y yo agradecí que mi abuelo me considerase diferente.

Entramos en la casa en silencio, como si temiésemos despertar a los fantasmas, aunque sabíamos perfectamente que allí no había nadie. Nos pusimos a hablar en susurros, otra tontería. ¿Quién iba a oírnos?

—¿*Cuánto tiempo tenemos?* —*me preguntó Sofía.*

—*Pues no sé. No le he preguntado al abuelo cuánto va a durar la partida.*

—*Habrá que darse prisa, por si acaso. No estaría bien que nos sorprendiese registrando. Sobre todo a mí, que no soy ni de la familia.*

—¿*Por dónde empezamos?* —*le pregunté. Esperaba que a ella se le ocurriese algo.*

—*No creo que en los cajones del salón encontremos gran cosa, pero podemos intentarlo* —*sugirió.*

Abrimos unos cuantos: solo había manteles, servilletas, cubiertos y cachivaches inservibles como los que yo también guardaba. Encontré un abrebotellas con forma de guitarra que me gustó mucho y me lo eché al bolsillo.

—¿*Qué haces?* —*saltó Sofía*—. *¡Es que quieres que se dé cuenta de que faltan cosas! Entonces no te volverá a dejar las llaves nunca más, como a los cafres.*

—*Total, es un simple abrebotellas.*

—¿*Y quién te dice que no es el que tu abuelo utiliza a diario? Déjalo mejor donde estaba.*

Obedecí porque tenía razón. Ya habría tiempo de pedírselo.

No encontramos nada interesante en los muebles del salón. Sofía se subió en una silla para comprobar si había algo sobre la vitrina que mereciese la pena.

—*¿Dónde guardan las mujeres sus secretos?* —*me atreví a preguntar.*

Mi amiga puso una cara rara. Se quedó callada mientras rebuscaba en el fondo de su mente privilegiada. Sabía que después de aquel silencio habría una respuesta brillante.

—*Mi prima Carmen guarda sus secretos en una caja de lata, de esas de galletas. Allí conserva billetes de metro, entradas del cine, fotos, cartas…*

—*¿Y dónde esconde esa caja?*

—*¡En el armario de su cuarto!* —*respondió dando un salto*—. *¿Dónde está el dormitorio de tu abuelo?*

Me siguió corriendo por el pasillo. Entramos en la habitación en penumbra.

El abuelo bajaba la persiana para que no entrase el sol de la tarde y así no pasar calor por las noches. La subí un poco, lo suficiente para tener algo más de luz.

Abrimos el armario y un montón de chaquetas negras y pantalones del mismo color se agitaron en sus perchas como saludándonos. Las camisas tampoco ofrecían una mayor gama de colores.

—*¡Qué serio es tu abuelo vistiendo!* —*exclamó Sofía.*

Los cajones de abajo los abrimos con tanta rapidez como los cerramos porque estaban llenos de ropa interior, y eso nos dio algo de vergüenza. Ver los calzoncillos de alguien es entrar en su intimidad. De pronto me pareció que nos habíamos pasado de la raya. Estaba a punto de rendirme, de echarme atrás, cuando Sofía me hizo dar un respingo:

—¡Mira, aquí! ¿Qué es esto?

Estirada de puntillas, deslizaba algo por el altillo del armario.

—Parece una caja de zapatos. Trae una silla —me ordenó.

Se subió en un suspiro y acabó de sacar la caja en cuestión; sí, era de zapatos. Así que pensé, pesimista, que dentro encontraríamos el calzado de invierno del abuelo. Seguramente, de color negro. Sofía bajó la caja con delicadeza, como si tuviese algún objeto frágil, y se sentó sobre la cama. Ella, más optimista que yo, parecía imaginar otra cosa.

Nos miramos y en ese momento tuve el presentimiento de que íbamos a descubrir algo. De pronto sentí miedo. ¿Sería esa la caja que nombró mi tío? ¿Qué secretos terribles escondería? Agarré la mano de Sofía, que ni siquiera se atrevió a sonreír.

La abrió de golpe y di un salto, asustado, como si hubiese salido un bicho de allí. Mi amiga también se sobresaltó. Miramos el contenido: si algo andábamos buscando, solo podía estar allí. Sin duda era una caja de tesoros, que es lo mismo que decir de recuerdos. Había fotos, recortes, cartas y muchas cosas raras. Me puse nerviosísimo.

—¡Oñá! ¿Qué será todo esto? Hay demasiadas cosas para mirarlas en un rato —me lamenté.

—¡Esto es un tesoro! —soltó—. Pero tienes razón, no podemos pararnos a mirar cada foto. Acabaría pillándonos tu abuelo.

—¿Y si nos llevamos la caja a casa? —se me ocurrió.

—No podemos llevarnos nada. Tu abuelo podría darse cuenta.

—¿Pero tú crees que él se dedica a repasar esto en sus ratos libres? Seguro que no se entera si la cogemos…

—No, Miguel —me cortó—. Esta caja no debe salir de aquí.

Aquel era el sitio en el que mi abuelo había decidido guardarla y allí debería permanecer.

—Mejor nos las apañamos para volver mañana. Tu abuelo puede aparecer en cualquier momento. Ya sabemos dónde buscar.

—Tienes razón, como siempre. Llevamos demasiado rato aquí y la partida de mus debe de estar a punto de acabar.

Recogimos todo para dejarlo como estaba y salimos de nuevo al calor del verano. Por un momento habíamos olvidado que existía el tiempo fuera de la casa del abuelo. Entré al bar a devolverle las llaves. Los jubilados jugaban a las cartas como si les fuera la vida en ello.

—Estaba a punto de irme para casa —fue lo primero que me dijo el abuelo.

—¿Mañana puedo volver? —le pregunté tímidamente.

—Claro —contestó más atento a la partida que a mí—. Y tráete otra vez a tu amiga Sofía, si quieres.

Me quedé helado. ¡Oñá! Así que el abuelo se había dado cuenta de que ella también estaba conmigo. ¿Cómo? ¡Qué tontos! Por una de las ventanas del bar se veía perfectamente la calle que habíamos tomado para dirigirnos a su casa.

El abuelo apartó la vista de las cartas y me guiñó un ojo.

13

¡TE LO PROMETO!

Después de descubrir la caja de tesoros, regresamos a la playa caminando en silencio. Miguel no consintió que yo arrastrase su bici ni diez metros y parecía dispuesto a no soltar el manillar hasta que llegásemos frente a su casa.

El interrogante sobre el contenido de la caja se abría ante nosotros como un enigma. En mi caso era solo curiosidad y la posibilidad remota de encontrar algo que nos ayudase a salvar la playa. En el caso de Miguel, se trataba de su abuela. A través de lo que ella había guardado en aquella caja podría conocerla al fin. Además, con lo que le habían contado, sería capaz de completar el rompecabezas y descubrir quién era en realidad Isabel Cano. Todo ello en caso de que la caja contuviese los recuerdos de su abuela. Con lo rápido que habíamos salido después del descubrimiento tampoco podíamos asegurarlo. Sin embargo, yo estaba convencida de que allí dentro estaban los recuerdos de una mujer. Los chicos no suelen guardar esas cosas y el resto de los habitantes de esa casa habían sido siempre hombres.

—¿En qué piensas? —me preguntó Miguel.

—Seguramente en lo mismo que tú.

—No sé si voy a dormir esta noche, dándole vueltas a la dichosa caja. Nos la teníamos que haber traído —protestó.

—¡Claro, y que la encuentren los cafres de tus hermanos! ¿Te imaginas la que se podría liar?

—Ya.

—De momento, creo que no debemos contar nada más al resto de la pandilla. Ni a los mayores. Si descubrimos algo que nos pueda ayudar, entonces ya veremos. ¿Te parece bien?

Miguel no me contestó. Rumiaba algo, estaba segura. Llevaba toda la tarde inusualmente serio, desde antes de que fuésemos a casa de su abuelo. No quise atosigarlo, pero veía a la legua que el asunto le inquietaba más de la cuenta.

—Es que… hay algo más. Algo que no te he contado y que no sé si está bien que sepas.

Sentí un escalofrío, a pesar del calor. Pensaba que Miguel y yo no teníamos secretos y resultaba que se había callado un asunto serio. Tanto que su voz no parecía la misma que me hacía reír constantemente.

—Creía que éramos amigos y que confiábamos el uno en el otro —fue lo único que acerté a pronunciar.

—Esto sí que es un secreto —me advirtió—. No se lo puedes contar a nadie.

Su tono misterioso me asustó. ¿Qué sería eso tan terrible? Me paré en medio del camino. Me sentía incapaz de dar un paso más si él no me contaba...

—Mi madre está embarazada —soltó en un suspiro.

Lo miré perpleja, no entendía por qué eso no le alegraba, sino más bien lo contrario.

—Pues qué bien, ¿no?

—Sí, claro. Yo estoy contento, a ver si por fin es una niña. Pero si es una chica... —su tono volvió a tornarse sombrío.

—Si es una chica, todos tan contentos —me atreví a afirmar.

—Si es una chica puede haber un lío gordísimo —dijo de pronto y se puso a llorar.

Nunca le había visto llorar tanto como en ese momento. Soltó la bici y se tapó la cara con las manos. Yo no entendía nada, solo quería consolarle.

Lo abracé y se tranquilizó un poco. Se secó las lágrimas con el brazo y trató de recuperar la entereza.

—Es que mi padre no quiere que la niña se llame Isabel. No veas cómo se puso cuando mi madre se lo dijo. Por alguna razón relacionada con mi abuela, papá no quiere que su hija lleve su nombre, pero no sé por qué. Por lo visto, después de morir mi abuela, cada vez que mi madre se ha quedado embarazada han tenido la misma discusión; pero como al final todos hemos sido chicos...

—No ha habido que ponerle Isabel a nadie aún —completé.

—Si es chica, mis padres discutirán.

Ahora entendía mejor el interés de Miguel por descubrir la parte desconocida de su abuela. No solo estaba en juego su playa, también lo estaba su familia. Los dos tesoros más preciados para el niño que aún era. Si me lo había contado todo era porque confiaba en mí, así que yo no podía defraudarlo.

—No te preocupes, llegaremos hasta el fondo del asunto y te prometo que, si tienes una hermana, se llamará Isabel —le aseguré.

Todavía era una niña; no sabía que no se pueden cumplir todas las promesas que una hace, por mucho que luches por conseguirlo. Aún no lo sabía.

14

Descubriendo secretos

La impaciencia me picaba más que los piojos aquellos que cogí una vez en el colegio. No dejaba de pensar en la dichosa caja y me rascaba la cabeza sin darme cuenta, como si así pudiese concentrarme mejor:

—Pero ¿qué te pasa? ¿Acaso te ha pegado las pulgas el perro? —me preguntó Javi con su cara de memo, como si hiciese una gracia.

Yo ni le contesté; bastante tenía con darle vueltas a la manera de entrar de nuevo a la casa del abuelo Paco. Teníamos que asegurarnos de que contábamos con el tiempo necesario para poder registrar a fondo la caja de los tesoros, como decidimos llamarla.

Al día siguiente, no podía soportar el picor provocado por la impaciencia. Cuando por fin nos dirigimos hacia la casa del abuelo, la emoción nos hizo olvidar el calor de la tarde, el cansancio de las piernas y la posibilidad de que en la caja solo hubiese… ¿Qué podía guardar alguien en una caja de zapatos?

Se lo pregunté a Sofía mientras pedaleaba:

—Pues muchas cosas, ya te he dicho que mi prima tiene una. Guarda sobre todo recuerdos: fotos, un examen que le salió muy bien, una postal que le mandó su amiga María desde Santander, un billete de metro del día que fuimos juntas al circo, una flor disecada de un ramo de rosas que le regalaron y algunas cosas más que nunca me ha enseñado. Por eso es un caja de secretos —me contestó.

—En mi casa, con los cafres, sería imposible tener una caja así sin que la abriesen a cada momento para cotillear.

—Siempre puedes esconderla.

Distraídos con la conversación, llegamos frente al bar de Pedrín casi sin darnos cuenta. El abuelo, concentrado en la partida de mus, no apartó los ojos de las cartas. Sacó las llaves del bolsillo y me las dio sin decir palabra. Después de tanto nerviosismo, todo iba a resultar demasiado fácil.

En pocos segundos ya estábamos sentados en el suelo, ante la caja de la abuela Isabel. Nos quedamos en

silencio sin que ninguno de los dos se atreviese a sacar un solo papel de aquel revoltijo de recuerdos.

—Empieza tú —me ordenó Sofía tras un rato de indecisión.

Encima de todo había unas fotos. Las tomé un poco asustado y me pegué a Sofía, con la excusa de poder mirarlas juntos. A ella no le sonaba ninguna de las caras en blanco y negro que nos sonreía desde el pasado en aquellas viejas fotografías.

—¿Quiénes son?

—No los conozco a todos —reconocí—. Este es mi abuelo con unos cuantos años menos.

—No estaba mal —comentó ella—. Se ve que era muy alto y fuerte, y tenía cara de simpático.

—Como ahora, ¿no? —bromeé.

—Es verdad —tuvo que reconocer.

—Y esta es la abuela —dije levantando la foto hasta colocarla a la altura de los ojos de mi amiga.

—Sí que era guapa. Tu tío se da un aire a ella.

Seguimos mirando fotos. En algunas aparecían la abuela Isabel y el abuelo, siempre muy sonrientes. Se les notaba felices cuando posaban con sus hijos pequeños, cuando levantaban en brazos a mi padre, cuando enseñaban a mi tío a montar en bicicleta...

—Fíjate en esta —le dije—. Mi tío Ginés tocando la guitarra y mi abuela mirándole. Esto es como viajar en el tiempo dentro de una caja. Si le enseñamos esta

foto a mi tío, sacará la conclusión que nosotros no queremos.

—Tienes razón. Seguro que tu abuela quería que él cumpliese su sueño de ser músico. Está claro que si vende las tierras tiene más posibilidades de alcanzarlo que si se queda aquí.

Aproveché un descuido de Sofía para guardarme la foto en el bolsillo, porque si se llega a dar cuenta no me habría dejado.

Debajo de las fotos había más cosas. Sofía cogió unas florecitas de tela blanca.

—Seguro que esto es un tocado de novia.

—¿El qué?

—El adorno que llevaba tu abuela en el pelo cuando se casó.

—¡Ay, sí! ¡Es verdad! Es igual al de las fotos de su boda.

—Mira, esto es un joyero de sortijas. ¿Habrá un anillo dentro?

Se lo quité de las manos, dispuesto, por lo menos, a descubrir una sortija de diamantes. Casi me caigo del susto cuando lo abrí:

—¡Oñá! ¡Dientes! ¡Está lleno de dientes! ¡Qué asco! —grité.

—No seas tonto —se rio Sofía—. Serán los dientes de leche de tu padre y tu tío. Seguramente son los que pusieron al ratón Pérez. Es bonito que ella los guardase.

—*Pues se los podía haber llevado el ratón. Mejor cierro la cajita y la dejo en su sitio.*

Me dio mucho asco, a pesar de tratarse de los dientes de dos niños. Pero es que yo, a mi padre y a mi tío no me los podía imaginar como dos renacuajos, y eso que los había visto en fotos. Para mí eran dos señores hechos y derechos, con muelas y colmillos.

Seguimos registrando como quien busca el tesoro en una isla desierta, sin saber muy bien qué queríamos encontrar. Descubrí chismes rarísimos que nunca pensé que alguien pudiese guardar: desde botones de colores hasta caramelos envueltos en sus papelitos y, menos mal, sin chupar.

De pronto noté que Sofía se quedaba quieta contemplando algo. Era un papel. Levantó la vista y me miró como si me viese por primera vez.

—*¿Qué es?* —conseguí decir.

—*Mira* —contestó tendiéndome un sobre.

Lo abrí. Dentro había dos billetes de tren sin usar con destino a Madrid. Eran del mismo año que la abuela murió. También había otro sobre, abierto. Sacamos una carta. En el encabezamiento ponía: «Querido hijo José».

—*No deberías leerla* —me interrumpió Sofía cuando me disponía a hacerlo—. *No es para ti.*

Di la vuelta a la hoja y vi una frase final y la firma: «Recibe un abrazo enorme de tu madre que te adora».

Era una carta escrita por mi abuela pero que, por lo visto, no llegó a entregar a su destinatario. Iba dirigida a mi padre.

—Seguro que los billetes de tren eran para tu abuela y Ginés —dijo—. Ya ves, con destino Madrid. Me temo que está muy claro lo que ella deseaba para tu tío.

Yo quise leer la carta en ese momento, pero Sofía me detuvo.

—No lo hagas. En este caso, creo que es mejor que corramos el riesgo de llevárnosla para que se la entregues a tu padre. Y luego, ya veremos lo que ocurre. Si además le dices que no la has leído, ganarás puntos y puede que te haga caso si le pides algo como…

—¿Que le ponga de nombre Isabel a mi hermanita?

—Por ejemplo. Además, quedaríamos como dos cotillas si la leemos. Vuelve a guardarla en el sobre. Tenemos que darnos prisa antes de que vuelva tu abuelo y nos pille con las manos en la masa.

—Descuida, estaba jugando al mus y creo que iba ganando.

—Lo bueno hubiera sido encontrar una carta dirigida a tu tío Ginés en la que tu abuela le pidiese que conservara siempre su playa tal y como ella la conoció —dijo Sofía como si no se diese cuenta de lo imposible de su deseo.

—Sí, claro, ¡qué lista! ¡Como que la abuela iba a imaginar que podía pasar esto! —le solté con toda la razón del mundo.

Como me temía, no encontramos ninguna carta más. Nada que nos sirviese para convencer a mi tío; aunque en ese momento me preocupaba más la discusión de mis padres a cuenta del nombre de mi futura hermana que el futuro de mi playa sin nombre. ¡Vaya juego de palabras!

Salimos de la casa dejándolo todo más o menos como lo encontramos —menos la carta, que ya estaba en mi bolsillo y me quemaba como si fuese de fuego—, y antes de que mi abuelo ganase al mus a todos sus amigos jubilados. Nos dimos de bruces con él cuando íbamos a por la bicicleta. Me sobresalté como si me hubiese pillado haciendo una travesura gorda.

—Seguro que andáis tramando algo —dijo. El abuelo me leía el pensamiento—. Pero no será nada malo, esta chica parece de fiar. No como tú, pillo. Aunque no seas un cafre te pareces demasiado a tu padrino, y eso es peligroso —bromeó.

Volvimos a la playa con más dudas que antes y otra vez bastante calladitos para lo parlanchines que éramos cuando nos daban cuerda. Sofía parecía decepcionada, y con razón. Y yo, ¿sería capaz de darle la carta a mi padre sin leerla antes? Imposible. La curiosidad me picaba más que el nerviosismo del día anterior. Y llevo fatal los picores.

Prometí a Sofía que no iba a leerla a sabiendas de que no podría cumplir mi promesa. Seguro que ella tampoco me creyó porque me conocía bien, demasiado bien como para darse cuenta de que me podría la curiosidad.

La noche de la fiesta no pude más. Alumbrado con una linterna y en la oscuridad de mi habitación, leí las palabras que mi abuela le había escrito a mi padre.

Aquello me hizo abrir los ojos. Me di cuenta de que, a partir de ese momento, empezaba a dejar de ser un niño.

15

Mi caja de los tesoros

Comprendí que los días en la playa se acababan si remedio: el mes de agosto terminaba para todos. Yo debía regresar con mis padres; los demás, a las ciudades y pueblos donde vivían. Ya no había posibilidad de más tregua, y dejaba asuntos sin resolver. Me marchaba sin saber qué pasaría con aquella playa. Quizá el verano siguiente ya no quedasen caravanas ni barracas y la arena empezaría a transformarse en cemento. Preferí no pensarlo. Al menos había disfrutado de ese paraíso antes de que las excavadoras lo convirtieran en una urbanización desde la que no se podrían ver las estrellas.

También quedaba por resolver el problema del nombre de la futura hermana de Miguel. Habría que esperar a la reacción de los adultos; no quedaba más remedio.

Pensé que debía hacer algo para retener aquel tiempo luminoso, para que no se me olvidase, para poder revivirlo de alguna manera en los oscuros días de invierno en mi ciudad.

La respuesta también me la dio la abuela Isabel, que aunque no era mi abuela casi me lo parecía. Decidí imitarla, hacer yo también una caja de secretos, de tesoros recogidos en la playa, en nuestra playa.

Encontré una caja de zapatos en casa de mis amigos y me dispuse a llenarla de pequeños tesoros. Lo primero que guardé fueron unas conchas, de esas con las que hacíamos collares. Después, una botellita llena de arena —lo del agua del mar me parecía más complicado y peligroso: si se derramaba, ¡adiós a la colección de recuerdos!—. Luego fui pidiendo a mis amigos que me diesen algo suyo o hecho por ellos, cualquier cosa. Así recogí dibujos, cordones de zapatos, cintas del pelo, chapas, piedras de colores, flores disecadas, pelotitas de ping-pong y hasta un frasquito de colonia que me regaló Loli con un abrazo y un par de lagrimillas. Incluso conseguí que José me diese una piedra plana, perfecta para hacerla saltar sobre la superficie del agua, de esas que él recogía por la playa.

Lo que no sabía cómo guardar en una caja era mi amistad con Miguel. Me daba cuenta de que el destino de la playa era tan incierto como el nuestro: la arena podría acabar convertida en cemento y nosotros, en dos desconocidos.

Buscando la salvación de nuestro paraíso habíamos descubierto otras cosas valiosas, como la amistad.

Organizamos una fiesta de despedida; las vacaciones terminaban para todos y era mejor acabar con un final divertido. Fue la mejor fiesta del verano. Duró desde la tarde hasta bien entrada la noche. Los chicos se vistieron para la ocasión: se colocaron unas pajaritas de tela en el cuello y se peinaron. Estaban de lo más elegantes. Y nosotras también nos arreglamos: cambiamos las chanclas por sandalias y los bañadores por faldas de flores. Las madres de la pandilla tuvieron que ayudarnos y a más de una le tocó coser.

Empezamos bailando y acabamos sentados en la orilla gastando bromas, contando chistes y cuentos de miedo. En el cielo brillaba una luna llena preciosa, que alumbraba como si fuese de día. Los adultos, conscientes de lo que suponía aquella despedida, nos dejaron acostarnos más tarde de lo habitual. Sabían que el siguiente verano nada sería igual.

—¿Y si les pedimos que nos dejen bañarnos a la luz de la luna? —se me ocurrió.

—Mis padres no creo que me den permiso —aseguró Juanma—. Ya se lo dijimos una vez y no hubo manera. Pero si se lo pides tú...

Me levanté, decidida. No sé cómo me atreví a acercarme al padre de Juanma, con la fama de serio que tenía.

—Digo que... —tartamudeé—. Nos gustaría bañarnos esta noche, que es la última.

—¿Bañaros? —preguntó extrañado—. ¡Vaya ocurrencia! Seguro que ha sido idea tuya.

—Sí —confesé—. Así que no les regañe a ellos.

—Está bien. Hoy no puedo negaros nada. ¡Chicos! —gritó—. ¡Venid a poneros los bañadores! Tenéis quince minutos para estar en el agua, ni uno más. No quiero que alguno se resfríe.

—Gracias —dije mientras le abrazaba.

—Anda que... ¡Lo que no consigas tú! —contestó riendo.

En menos de lo que canta un gallo ya estábamos bañándonos. El agua tibia y el mar en calma se convirtieron en un torbellino de saltos, risas y griterío. Olvidamos por completo que al día siguiente

nos despediríamos; en ese momento parecía que nada podría separarnos y que siempre iba a ser verano.

Cuando salimos del agua, las madres nos esperaban con las toallas preparadas para que el fresco de la noche no nos hiciese tiritar. Nos hizo gracia vernos así, como momias encogidas por el frío.

Antes de que nos obligasen a irnos a dormir, Miguel y yo conseguimos escaparnos del grupo. Queríamos estar solos. Nos encontramos bajo la sabina; tiempo después, cuánto eché de menos aquel arbolito tan raro.

Lo más difícil fue despedirme de Miguel.

Se le notaba triste y preocupado. Me contó que aún no le había entregado la carta a su padre porque temía su reacción. Me dijo que o se arreglaba todo o se produciría un desastre.

—Si supiese lo que pone... podría calcular las consecuencias —me explicó.

Supongo que al final acabó por leerla, aunque nunca he llegado a saberlo. No pude ver la cara que puso su padre ni lo que ocurrió después, porque yo ya no estaba allí.

Tampoco fui testigo del momento en que Ginés tomó la decisión que podría cambiar la vida de muchas personas, y no solo la suya. ¿Sería capaz de vencer al poder del dinero?

Con esa pregunta clavada en el alma dije adiós a Miguel. Nos dimos un fuerte abrazo. Sabía que no le olvidaría jamás.

—Yo también tengo un regalo para ti —dijo, al tiempo que me entregaba un paquetito.

Lo abrí y dentro descubrí una pequeña bicicleta fabricada con alambre.

—¿La has hecho tú?

—Sí, en el colegio, el año pasado. ¿A que es chula? Así te acordarás de nuestros paseos de acá para allá.

—Muchas gracias. La miraré todos los días y pensaré en lo bien que nos lo hemos pasado. Te escribiré —le aseguré—. Y tú también tendrás que hacerlo para ponerme al día de lo que vaya pasando.

—No he escrito una carta en toda mi vida. Seguro que me cuesta, y estará llena de faltas de ortografía, pero te prometo que lo intentaré.

No sabía si creerle, pero esperé aquella carta desde el mismo momento en que nos despedimos. En aquellos años, los niños aún no disponíamos de teléfonos móviles, ni existían las redes sociales. Lo mejor era escribirse, porque el teléfono fijo era casi exclusivo de los mayores. De todas formas, le di mi número, junto con la dirección de correo, por si tenía ocasión de llamarme en algún momento.

El tiempo se fue escurriendo entre mis dedos. De aquellas vacaciones solo quedarían recuerdos escondidos en una caja de secretos. Eso pensé cuando me desperté en Madrid unos días después. Luego me he dado cuenta de que aquellos días azules me ayudaron a crecer: no fueron momentos de humo, sino vivencias que forjaron mi personalidad.

Regresé a mi casa distinta. Seguía siendo una niña, pero había descubierto que también podía moverme y actuar como los adultos. Aunque al final fuesen ellos los que tuvieran la última palabra para tomar las decisiones importantes.

16

LA CARTA DE LA ABUELA

¡Cómo iba a quedarme sin leer la carta de mi abuela! Imposible resistir la tentación para alguien tan curioso como yo. Creo que esperé a que Sofía no estuviese para no tener que contarle una mentira si me preguntaba. La misma noche que nos despedimos, la leí debajo de las sábanas con la ayuda de una linterna. Mis hermanos se quedaron dormidos en cuanto cayeron en la cama de puro agotamiento, así que no había peligro de que me descubrieran. Qué calor pasé: en pleno agosto, tapado hasta arriba y con la linterna quemando. Me caía el sudor a chorros, pero mereció la pena.

Decía así:

Querido hijo José:

Sé que me va resultar difícil decirte esto y que quizá no entiendas mi decisión, pero debo intentar que me comprendas, que nos comprendas a tu hermano y a mí. Ayer te conté, antes que a nadie, mis planes de marchar a Madrid con Ginés y tú mostraste tu desagrado ante nuestra «huida», como tú dices, y me miraste con ojos de rencor. No deseo que pienses que no te quiero, hijo mío, o que prefiero a tu hermano y a ti te desprecio. Nada más lejos de mis sentimientos. Me duele que hayamos discutido. Mi intención no es abandonaros a tu padre y a ti. Yo te quiero con toda mi alma y deseo que seas feliz. Sé que lo serás aunque yo no esté a tu lado todos los días, porque tú ya has encontrado tu camino, ya sabes lo que deseas para tu futuro. Tú ya has decidido. Pero Ginés no, Ginés anda perdido y sin raíces. No como tú, que las tienes bien arraigadas a esta tierra que tanto amas. Tu hermano debe encontrar también su camino y no está aquí. Él me necesita ahora, todavía es un niño para muchas cosas porque no sabe qué decidir ni dónde buscar. Yo tengo que ayudarle y, cuando él se haya encontrado a sí mismo, creo que lejos de estos campos, regresaré para ver crecer a esos hijos preciosos que tienes y para mostrarles lo orgullosa que estoy de ti, hijo mío, que has sabido reconocer el valor de la tierra y de lo auténtico. Nunca reniegues de la vida que has elegido. Sé que serás feliz. Y sé que me quieres aunque en este momento estés resentido conmigo. Mi idea es regresar en cuanto pueda y dedicarme a mis nietos y a ti, aunque ayer no me dieses la ocasión de decírtelo. No se me ha perdido nada en la ciudad que abandoné por tu padre hace años. Lo que deseo de verdad es seguir aquí. Ya pienso en los veranos que pasaremos en nuestro paraíso particular: veré a los niños jugar en el mar, libres y felices, en esta playa tan nuestra que nadie podrá destruir jamás porque en ella están nuestras raíces. Tú lo sabes mejor que nadie. Sé que conservarás el refugio que construimos con esfuerzo y amor, y no consentirás que nada acabe con él.

Recibe un abrazo enorme de tu madre que te adora,

Isabel

Cuando acabé, además de las gotas de sudor, me caían unas lágrimas más gordas que las de la lluvia de verano. Si mi padre no lloraba también cuando la leyera es que era de piedra, y yo estaba seguro de que no era así. ¡Y la abuela además pensaba que nuestra playa era el paraíso! El tío Ginés también debía leerla. ¡Ojalá sirviera para convencerlo! Era la carta que todos necesitábamos: mi padre, mi tío y los niños de la playa. ¡Cómo quise a mi abuela en ese momento!

Al día siguiente, después de que Sofía se marchase, yo andaba más triste que un cafre solitario, igual que el resto de los niños que aún no se habían ido. A mis hermanos y a mí nos quedaban unos días para seguir disfrutando de la playa, pero los demás empezarían a irse enseguida y nos quedaríamos solos. Y cuando no había otros niños, lo único que sabíamos hacer era pelearnos, hasta que mi madre se hartaba y volvíamos a Los Llanos.

A mi soledad se añadía que los problemas con los mayores todavía no se habían arreglado, aunque la carta de la abuela Isabel me daba nuevas esperanzas. Ginés seguía sin decidir qué hacer con la playa y mi padre...

Mi padre se encontraba en ese momento sentado en el porche, mirando el mar. Quería aprovechar ese instante de calma en que mis hermanos se habían ido a dar patadas al balón y a tirarse piedras para desahogarse del disgusto de que se acabasen las vacaciones.

Me acerqué en silencio, como los gatos cuando acechan a un ratón, y se sobresaltó cuando me vio de pronto delante de él.

—¡Hijo, por Dios! ¡Qué susto me has dado! Cuando no oigo bulla me creo que no estáis. ¿Qué haces aquí? ¿Por qué que no estás jugando con tus hermanos?

Me sentía tan triste de golpe que pensé que la pena me iba a rebosar por las orejas además de por los ojos. Me tapé la cara con las manos para que mi padre no me viese llorar; me daba vergüenza. Él siempre nos decía que los chicos deben aguantarse y mis hermanos procuraban tomárselo al pie de la letra. Aunque estuviesen rojos de rabia, conseguían que las lágrimas no llegasen a rodar por sus mejillas.

Entonces él me agarró con sus brazos fuertes y me sentó en sus rodillas. Mi padre parecía un gigante, siempre he sido un chico pequeñajo a su lado.

Mientras me abrazaba trató de consolarme.

—Sé por qué lloras. Tranquilo, antes de que te des cuenta habrá llegado otro verano y ella volverá.

¡Y yo que pensaba que mi padre no se enteraba de las cosas que nos pasaban! Resulta que sabía perfectamente la causa de mi disgusto. Seguro que se lo habría contado mi madre, que estaba al tanto de todo.

—Yo... quería darte una cosa —le dije cuando conseguí controlar mis hipidos.

Entré corriendo en casa y cogí la carta. Tardé dos segundos en volver al porche. Al acercarme a él, la saqué del bolsillo del pantalón.

—¿Qué es? ¿Es algo que has hecho para mí? —preguntó papá sonriente.

—No, no he sido yo —contesté tendiéndole la carta.

Mi padre miró el sobre con extrañeza y lo abrió. Se encontró con los dos billetes de tren junto a la carta.

—¿De dónde has sacado esto? —preguntó extrañado.

La respuesta me podía costar un pescozón como mínimo, así que me quedé callado, a ver qué pasaba. Afortunadamente no esperó a mi contestación. Creo que reconoció los billetes porque los miró muy serio como si supiese que eran los que la abuela y el tío Ginés nunca usaron para marcharse a Madrid. Después desdobló la carta y le cambió la cara; había reconocido la letra de la abuela.

El rato que tardó en leerla sentí una cosa muy rara, como si el tiempo se parase o desapareciese de golpe: solo estábamos papá y yo; él leyendo lo que le contaba

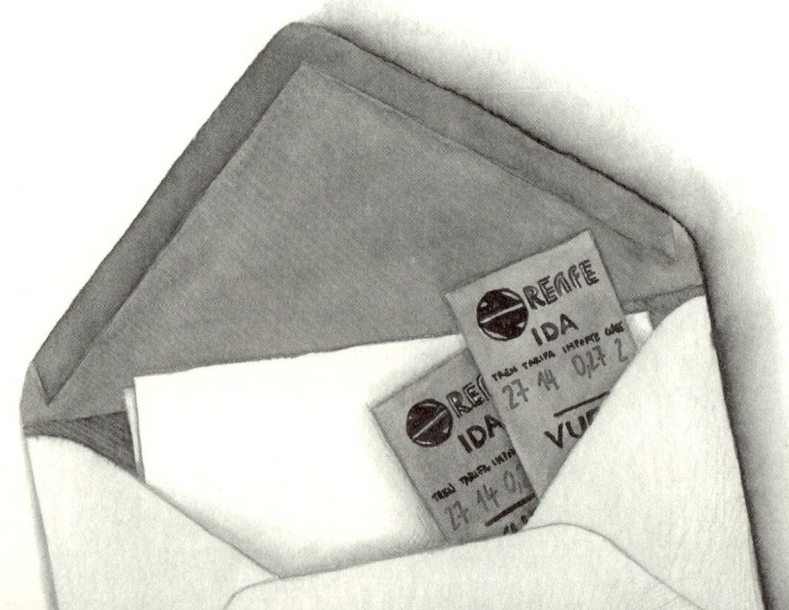

su madre y yo mirando cómo se iba emocionando poco a poco.

Cuando acabó, me abrazó y lloramos juntos. Eso es lo que más une a un padre y a un hijo, por más que los cafres piensen que es jugar al fútbol y darse unas buenas patadas.

—¿Dónde la has encontrado? —volvió a preguntarme.

Ya me daba menos miedo contestarle:

—En casa del abuelo. La encontramos por casualidad Sofía y yo, pero no la hemos leído.

—¡Venga, no seas mentiroso! Seguro que estuvisteis rebuscando.

—Sofía no la ha leído, ni quería que yo lo hiciese.

—Pero claro —añadió, y sonrió al fin—, tú no fuiste capaz.

—¿Qué te pasó con la abuela? —me atreví a preguntar—. ¿Os enfadasteis?

—No sé si tienes edad para entender esto —soltó muy serio.

—Dentro de tres meses cumplo doce años —dije orgulloso.

—Sí, es verdad. Tu abuela y yo discutimos —suspiró—. Y cuando murió no nos habíamos reconciliado. Ella pensaba irse con Ginés a Madrid. Me dijo que había comprado los billetes del tren. Nos abandonaba al abuelo y a mí. Creí que yo nunca le había importado, siempre mimando a Ginés.

—*Tenías pelusa, como yo cuando nació Javi.*

—*Algo así. Yo la quería mucho, ¿sabes?, pero murió sin que se lo dijese. Murió antes de marcharse con Ginés. Por eso acordarme de ella me ponía triste, más bien rabioso. Dudé de su amor hacia mí, aunque una madre siempre quiere a su hijo, independientemente de que a veces tenga que elegir. Yo me sentí abandonado porque eligió irse con Ginés. Sin embargo, en la carta dice que su mayor deseo era volver aquí, conmigo, con vosotros. Eso yo no lo sabía. He sido un cabezota. No le había perdonado lo que pasó. No sé si entiendes esto que te estoy contando.*

—*Papá, soy canijo pero no tonto* —*protesté.*

—*Veo que tu madre tiene razón. Eres más sensible y maduro que tus hermanos. No me imagino contándoles esto a ellos.*

—*Entonces, si tengo una hermanita, ¿se llamará Isabel?* —*le pregunté impaciente.*

Me miró asombrado, como si hubiese descubierto de pronto que yo ya no era un bebé ni un cafre, sino que tenía un hijo observador y listo. Toda una novedad. Pero no, de lo que se había dado cuenta era de otra cosa:

—*¡Así que eres un cotilla! ¡Espiaste mi conversación con tu madre!*

—*Es que hablabais muy alto* —*me disculpé; en realidad, cuchicheaban.*

—¡Pues claro que tu hermana se llamará Isabel! —dijo mientras me cargaba a la espalda—. Y ahora mismo vamos a contárselo a tu madre.

—Tengo que pedirte una cosa. Quiero que el tío Ginés también lea la carta. ¿Se la dejarás?

Mi padre se puso muy serio y se quedó un rato callado, como si pensara la respuesta.

—Es una carta dirigida mí, no a él —contestó—. En otro momento te habría dicho que no, pero ahora está en juego algo más que también tiene que ver contigo y con tus hermanos...

—Y con todos los niños de la playa —añadí.

—Te prometo que se la enseñaré a tu tío. Es lo único que está en mi mano.

—Bueno —solté—. También puedes prometerme que mi hermana se llamará Isabel.

—¡Vaya! ¿Es que no te fías? ¡Prometido!

Estaba tan agradecido que lo llené de besos. Me alegré tanto de tener un padre así que hasta le perdoné que también fuese el padre de los cafres. Si teníamos una hermana quizá eso nos ayudase a cambiar —sobre todo a ellos—, y mi familia aún tendría remedio.

17

EL COLOR GRIS DEL INVIERNO

En cuanto llegué a Madrid me puse a escribir a Miguel. Deseaba contarle lo diferente que era todo. Ya no había playa, solo encierro involuntario en casa, pero se podía disfrutar de otras cosas. Descubrí las novelas de ciencia ficción que mi padre guardaba en su despacho y me aficioné a leer las tardes de lluvia en cuanto acababa de estudiar. También hice nuevos amigos en el colegio y cada vez me llevaba mejor con mi prima Carmen, a la que veía menos pequeña que antes porque tenía casi la misma edad que Miguel y porque me había enseñado lo que era una caja de tesoros.

Y me animé a escribir los recuerdos de aquel verano. Pensé que si no lo hacía se me podrían olvidar;

en cambio, lo que está escrito es como si nunca dejara de pasar. Utilicé la caja de tesoros para guardar el cuaderno en el que lo fui apuntando todo.

Como me temía, aunque habían pasado varios meses desde que envié la carta a Miguel, no tuve respuesta. Todos los días miraba el buzón varias veces, esperando encontrar el tesoro de una carta suya. Pero nada, solo encontraba recibos de banco. Y yo me quedaba gris, como el color del cielo en invierno.

Tampoco tuve noticias del resto de la pandilla. De lo único que me enteré, porque me lo contó mi madre, fue que al padre de Juanma y Arturo lo habían destinado a otra ciudad a trabajar. Los echaba de menos, a todos.

Una mañana de domingo sonó el teléfono de mi casa. Yo fui la primera en levantar el auricular. Enseguida reconocí la voz inconfundible de Miguel.

—¡Sofía! ¡Ya hemos bautizado a mi hermanita! ¡Se llama Isabel!

Se le oía tan feliz que me contagió su entusiasmo. Quería que me contase muchas cosas, después de tanto tiempo sin saber de él. Dejé que hablara.

—Es preciosa la nena, se parece a mí. Es morena y muy guapa. ¡Y muy lista! Nos mira a todos con los ojos muy abiertos. Los cafres solo quieren achucharla, menos mal que estoy yo para vigilar que no la toquen con sus manos sucias. ¡Soy su padrino!

—¡Su padrino! —exclamé—. ¡Qué bien! Eso es que le diste la carta a tu padre y funcionó, ¿verdad?

—Sí. Se arregló todo, gracias a ti.

—No, Miguel. No fue gracias a mí; yo solo te acompañé. —contesté. Esa era la verdad.

—Pues si no llegas a estar tú... mi hermana se habría llamado Bonifacia o algo peor.

Nos echamos a reír, igual que en el verano. Hasta creí percibir el olor a mar y el calor del mes de agosto.

—Además, no sabes lo mejor. En la carta, la abuela también hablaba de la playa.

—¿Y qué decía? —pregunté intrigadísima.

—¡Lo que nosotros queríamos! Ella pensaba que era el paraíso y que no había que destruirlo.

—¡Qué genial tu abuela! Entonces, ¿tu tío Ginés va a vender las tierras? —le pregunté, preocupada.

—No estoy seguro. En el bautizo le oí decir que se marcharía pronto porque iba a tener dinero de sobra para comprar un bar en Madrid.

—¿Quién le va a dar el dinero? ¿Los de la inmobiliaria de Urbaplaya? —me alarmé.

—No creo, porque luego me miró, me guiñó el ojo y me dijo que no me preocupase. Pero no me fío del todo.

—Ya me contarás si hay alguna novedad.

—Me llegó tu carta. Me puse muy contento, pero yo no sabía qué escribirte —se disculpó—.

Así que he guardado las monedas que me han dado para llamarte por teléfono desde el bar de Pedrín y contártelo todo.

—Me encanta que me hayas llamado. Pero escríbeme aunque sean dos líneas...

—¿Con faltas de ortografía?

—Me da igual. No me fijaré en eso. Y los cafres, ¿qué tal están?

—Como siempre. Bueno, ahora me peleo menos con ellos. Con José ya hablo y todo. Oye, creo que se me está acabando el dinero y se va a cortar. Te llamaré otro día...

—¡Escríbeme! —grité justo en el momento en que se cortó la comunicación.

Me quedé con el auricular en la mano, como si no acabase de creerme la conversación con Miguel. Me lo imaginaba tan orgulloso con su hermana Isabel en brazos, haciendo de padrino. ¡Lo que me habría gustado asistir a ese bautizo! Pero las distancias son barreras casi insalvables cuando eres niño y el mundo parece mucho más grande de lo que es en realidad. Con trece años me sentía pequeña y perdida en un universo de adultos que decidían por mí.

En ese momento, lo único que se me ocurrió fue sacar el cuaderno de la caja de tesoros y transcribir palabra por palabra aquella conversación antes de que se me olvidase para siempre.

18

Dos días especiales...
o tres

El día que nació mi hermana no se me olvidará nunca por muchos motivos. Primero, porque Javi y Damián se pelearon y el pequeño acabó con una brecha tan grande que tuvimos que llevarlo al hospital. Llegamos la familia al completo: mi hermano a que le cosieran como un calcetín y mi madre a dar a luz a Isabelita.

—¡Qué familia más unida! —nos dijo una enfermera con guasa. Mi padre puso cara de resignación.

Creo que tardó menos en nacer mi hermana que en que consiguieran ponerle los cuatro puntos en la cabeza a Damián, que se puso a gritar como un becerro y a dar patadas a todas las enfermeras.

—Estará usted contento de que haya sido niña, ¿no? —le preguntaron a mi padre. ¡Como si no supiesen la respuesta!

Lo mejor fue ver la carita de Isabel. Los cuatro nos quedamos mudos y quietos al asomarnos a la cuna.

—¡Vaya! ¡Qué milagro! Os voy a poner a la niña delante cuando quiera que os estéis quietecitos —*comentó mi padre, que estaba más ancho que largo.*

Después, por la noche, cuando por fin consiguió sacarnos a los cuatro del hospital y llevarnos a casa, mi padre me dijo que quería hablar a solas conmigo.

—Todavía no te he dado las gracias por entregarme la carta de tu abuela —*me comentó muy serio.*

—Como no me regañaste, me quedé tan contento.

—También debería agradecérselo a Sofía, ¿verdad? Seguro que fue ella la que tuvo la idea. ¡Lo que no invente esa chica!

—Es mi amiga —*afirmé orgulloso.*

—Lo sé, y te lo ha demostrado bien. Ahora mamá y yo queríamos darte las gracias. ¿Te gustaría ser el padrino de tu hermana?

No podía creérmelo. ¡Yo, el padrino de la niña! Abracé a mi padre al tiempo que gritaba:

—¡Sí, sí, sí!

—Ya sabíamos que te ibas a poner muy contento —rio papá—. Anda, toma —dijo dándome unas cuantas monedas—. Llama por teléfono a Sofía y se lo cuentas todo, que estarás deseándolo.

Esperé al día del bautizo para llamarla. ¡Qué día de nervios! Todos pensaban que se me iba a caer la niña de los brazos durante la ceremonia. ¡Qué va! La llevé tan bien que se quedó dormidita. Hasta que el cura le echó un chorro de agua por la cabeza.

—¡Oñá! ¡Que la va a despertar! —le solté enfadado, *y todos se rieron.*

¡No le veía yo la gracia! La niña se puso a llorar de la impresión y no había manera de callarla. Ganas me dieron de darle una patada al cura, pero me contuve porque llevaba a Isabelita en brazos, y no quería que se me cayese de las manos.

El abuelo Paco también estaba muy contento y no hacía más que abrazar a papá y mirar embobado a la niña. Se le caía la baba al verla tan bonita y con ese nombre que tanto le gustaba.

—¡Cuánto me alegro de que se llame Isabel! —*oí que le decía a papá*—. Y de que se acaben los rencores.

Yo estaba deseando contárselo todo a Sofía. Si hubiese sabido escribir bien, le habría contestado a la carta que me mandó al principio del curso. Me contaba lo que le había costado empezar a estudiar otra vez y lo que echaba de menos la playa. Cuando vi en el buzón el sobre con mi nombre me puse a pegar saltos de alegría, y eso sin haberla leído aún.

Después de la celebración salí corriendo al bar de Pedrín con las monedas que me había dado mi padre. La conversación por teléfono se me hizo cortísima. Solo pude contarle las últimas noticias, como en el telediario, pero prometí escribirle, aunque no tenía muy claro que fuese capaz. Me daba vergüenza que viese mi letra tan fea y mis faltas de ortografía. «Si yo supiese escribir como ella —pensé—, apuntaría lo que me ha pasado desde este verano, para que no se me olvide». Pero no me atreví. Así que lo único que podía hacer era recordarlo. Por las noches, antes de dormirme, lo repasaba todo: la búsqueda de la caja de tesoros, la fiesta del último día, el nacimiento y el bautizo de Isabelita y la cara de Sofía, para que no se me olvidase lo guapa que era.

Por eso me acuerdo tan bien de todo ahora. Y utilizar la grabadora me sirve para refrescar aquellos días inolvidables, y para algo más que espero ansioso. No sé por qué no lo he hecho antes. ¡Con lo divertido que es!

Con tantas emociones casi olvidé el problema de la playa. Ginés seguía sin decidirse y lo veíamos poco por mi casa. Hasta que una tarde apareció por allí, acom-

pañado del abuelo y muy contento. Yo no sabía si asustarme por tanta alegría.

—Tengo algo importante que contaros —anunció a mis padres.

En ese momento los cafres estaban en la calle jugando y yo pegadito a la cuna de Isabel. Mi madre me miró dispuesta a echarme de allí diciéndome eso de que «los mayores tenemos que hablar». Pero mi tío, que le vio las intenciones, dijo:

—No, que se quede Miguel. Quiero que oiga lo que voy a decir.

Empecé a temblar temiéndome lo peor.

—¡He vendido! —soltó sonriente.

A mí se me pusieron los pelos de punta.

—¿A quién? —preguntó papá, que parecía tan asustado como yo.

—A un camping —dijo mirándome—. Me pagan menos que los de Urbaplaya, pero será mejor para todos. No construirán torres de pisos ni nada que se le parezca, y los niños podrán jugar como lo hacen ahora: libres y sin paredes, casi tan salvajes como vosotros. Lo que os queda de playa no se verá rodeado de edificios por los dos lados.

—Te lo agradezco, Ginés —le abrazó mi padre emocionado—. Creo que es una buena decisión, has sido muy generoso. Mamá estaría orgullosa de ti. Es lo que ella también hubiese querido, sin duda, ya lo sabes.

Me abracé a los dos, aunque les llegaba a la altura de la cintura. Después, el abuelo Paco abrazó a sus dos hijos, y me pareció que lloraba un poco. Nunca los había visto tan efusivos.

—Vuestra madre también os abraza, desde donde esté. Sois unos hijos maravillosos —les dijo el abuelo.

Al día siguiente escribí a Sofía para contárselo. Preparé una cuartilla —no me veía capaz de escribir más de seis o siete líneas—, saqué punta a mi mejor lápiz y me propuse hacer una letra preciosa... o por lo menos que ella pudiese entender.

Después, le quité a mi madre una caja de zapatos para convertirla en mi caja de tesoros. Allí guardé la carta que Sofía me escribió, la hoja del calendario del día que nació mi hermana, una flor del bautizo y la foto de mi abuela mirando a mi tío tocar la guitarra.

Ahora voy a guardar también esta grabadora, que me trajo Ginés de Madrid en su primera visita a Los Llanos después de su huida. Él quería que la usase para grabar las canciones que tocaba con la guitarra y escuchar así mis progresos. No le hice caso. Ahora tengo una razón importante para rebuscar en la memoria y recordar lo que pasó aquel verano. La amistad recuperada es el mejor motivo. Y los recuerdos hermosos son lo más valioso que se puede tener.

19

Y UNOS AÑOS DESPUÉS...

Han pasado unos cuantos años desde aquel verano maravilloso.

Hoy vuelvo a la playa. He venido sola, en coche. Hace unos meses me saqué el carné de conducir y me he comprado uno de segunda mano con el que he podido acercarme a este paraíso añorado.

Todavía conservo el cuaderno en el que apunté lo que viví entonces, junto con otros recuerdos, en mi caja de tesoros, que ha ido creciendo con el tiempo. Estos días he estado repasándolo todo.

La vida da vueltas y en uno de esos recodos se quedó esta playa. No he regresado desde hace años. Los amigos de mis padres dejaron la casa y ya no pude

volver allí. Nosotros también nos mudamos, y perdimos el contacto con ellos. Crecí y mis amigos de entonces se fueron desdibujando sustituidos por otros, engullidos por el pasado. Pero nunca los olvidé del todo.

En la primera y última carta que recibí de Miguel me contaba que su tío había vendido las tierras para hacer un camping, y aseguraba que había sido gracias a nosotros y a la carta de la abuela Isabel. Después hablamos por teléfono unas cuantas veces más, pero, no sé bien por qué, acabamos perdiéndonos la pista.

Me ha costado volver a localizarlo. Al fin, conseguí el número de teléfono de su casa y hablamos hace unos días. Fue lo más emocionante que me ha pasado últimamente. Parece que nuestra amistad sigue intacta a pesar de la distancia que nos ha separado durante años. Me contó que se acordaba de aquel verano como si hubiese sido ayer, y que pensaba repasar los recuerdos para revivirlos juntos ahora, en cuanto nos volviésemos a ver. Espero que tenga buena memoria y que el tiempo solo nos haya cambiado por fuera.

Y aquí estoy, en la playa de entonces. Ya veo las palmeras del camping; están bastante crecidas. Junto a ellas las caravanas y las tiendas de campaña.

Los niños corretean por la orilla, por el camino de tierra pasan las bicicletas. A lo lejos se imponen los bloques de pisos de Urbaplaya pero, en medio, siguen quedando tres o cuatro casitas diminutas; algunas son las mismas de entonces. Reconozco la de Miguel y su familia, con el tejado rojo y encalada de blanco brillante.

El mar está tranquilo a esta hora temprana, apenas se oyen las olas tímidas que llegan a la orilla, aún no hay bañistas.

Me voy aproximando a la casa. La puerta está abierta. Distingo a una mujer sentada en el porche en una mecedora. Parece Teresa, la madre de Miguel. Sí, es ella.

Alguien sale del interior de la casa: es un chico moreno, no demasiado alto. Le da un beso a la mujer y mira hacia la playa. Hablan. Son ellos, estoy segura: Miguel y su madre.

Ya estoy muy cerca. Ninguno de los dos se ha dado cuenta de que estoy en la playa, casi delante de la casa. De pronto él me ve; no parece que me haya reconocido. Claro, han pasado bastantes años, ya no soy una niña y él tendrá por lo menos diecinueve.

Ahora cambia su expresión, pone cara de no creerse lo que ve. Sí, ya sabe quién soy, me debe de haber encontrado entre sus recuerdos.

—¡Oñá! —le oigo exclamar.

Y viene corriendo hacia mí con los brazos abiertos.

ÍNDICE

1. Sofía descubre el paraíso — 5
2. Miguel descubre a Sofía — 13
3. Y Sofía descubre a Miguel — 21
4. El consejo del tío Ginés — 27
5. El cemento acecha — 35
6. El abuelo no duerme la siesta — 41
7. Expulsados del paraíso — 51
8. Sin arena y sin estrellas — 57
9. Los motivos del tío Ginés — 61
10. Secretos de mayores — 73
11. ¿Qué tenemos que buscar? — 81
12. Allanamiento de morada — 87
13. ¡Te lo prometo! — 95
14. Descubriendo secretos — 99

15. Mi caja de los tesoros 109
16. La carta de la abuela 117
17. El color gris del invierno 127
18. Dos días especiales... o tres 131
19. Y unos años después... 137